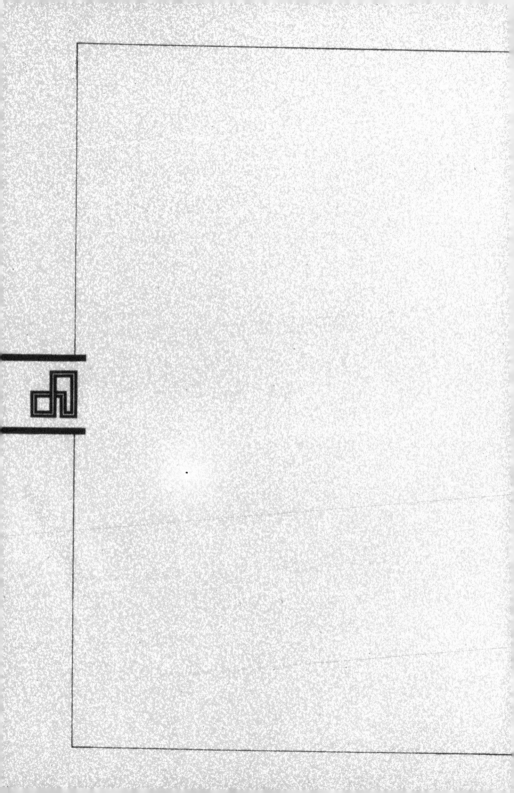

一首詩的誕生

白靈 著

本書榮獲

八十一年度國家文藝獎

詩是宇宙之花（再版序）

——寫在增訂版之前

大千世界是由看得見的事物與看不見的事物組合而成，看不見的比看得見的不知要多上幾兆億倍，但吾人不經由此看得見的，即無由明白彼看不見的，詩即站在那個交叉點上。也可以說，詩就是人走向宇宙無限入口的那唯一可見的符碼。看得見與看不見的交滙即是詩，有與無、色與空、實與虛、象與意、景與情的交滙即是詩，詩是人類在地球表殼上，向宇宙打開的一個窗口。

詩絕不止是地球之詩，詩是宇宙之花。它絕不止存在於此星球，必也遍在於彼眾看不見的星球上。科學與宗教亦然，是故真正科學精神是詩的精神（不為什麼而為的精神），宗教之偈語是詩語。

詩是宇宙借我們而彰顯其自身之物。

不接觸詩，不捲袖試試自己在語言王國上的能耐，恐一生皆很難明白此生「存有之奧秘」。也因人生不可能完美，而詩是人透過自創的語言企圖貼近那完美，故詩者，實乃滙通宇宙虛虛實實之不可說者於一端，而為吾人所易見易悟者。

因此「一首詩的誕生」其實即是「一個靈魂的誕生」。那時，是你試圖自語言之大海中撿回一些看似無用的碎片，卻又神奇地可以拼貼出一個較完美的自己的開始。

此書適值改版，乃將篇章重予合組，略予訂正，並作數語，與愛詩者共勉。

白靈

二〇〇六年四月二十四日

於台北

目錄

附錄：想像力的十項運動

（*符號的意義請見代序〈從讀詩到寫詩〉第三節）

從讀詩到寫詩（初版自序）

1

在第一句詩來臨之前，很少人能預測一首詩會怎麼開始。有誰能在闔眼入睡之前，預期他的夢是怎樣出場的？更何況它們將如何結局？如果你初初站在詩或夢的面前，千萬先不要捧著一張殿堂般的藍圖，自卑地問：「喔老天，該如何去完成？」最好像擋在一場戲、甚至是遊戲的開端，拍拍手、晶亮了眼說：「好，那我們怎樣開始？」

很多人都以為一首詩的誕生就像是嬰兒的臨盆般，是頭腳齊全地來臨的，殊不知它們經常是靠一隻鼻子找到一張臉，憑一根腳趾找到一條腿的。當然，就更少人願意相信，你可以同時憑五根無名指找到五隻不同的手掌，然後再一一使之軀幹四肢齊全。其實，我何嘗反對「從一而終」的「胎生法」——大部分人的詩都是這樣來的，但又何妨也試試遊戲般、充滿各種可能的「卵生法」？也讓我提一提鮭魚吧。

這些可愛的魚羣縱遊四海後，會找到當年出生的河流，憑著一股令人不解的天性，溯河逆游而上，衝過急湍，跳上瀑布，必得游回上游的發源地否則永不罷休。得以生存的於是配對產卵，每一對約產下五千顆卵子，成魚能出海的約餘一百，三年浪遊後會回到出海口約十數尾，最後回到上游發源地約占三四，如此生生不息，不虞絕滅。多數的人只向最近的生活中或情懷中去尋找靈感，而且固執地堅持「一胎化」，不幸常常枯坐冥想、思索竟日、終至胎死腹中。卻未發覺除了最近的也有較遠的生活，或更遠的夢，正在暗處或高空招手，許許多多經驗的碎片、許許多多語言的細雨，像無數帶翅的種子四處飄浮，正等待向你心的領土降落。有誰的夢不向遙遠的過去祈求一點化妝、一張面具或一雙翅膀呢？

2

赫曼赫塞說：「寫一首壞詩的樂趣甚於讀一首好詩。」他的意思是：作一名蹩腳的作者勝過當一名高明的讀者。這句話最該注意「樂趣」兩字。

我們生活中有諸多的衝突、不滿和期望，會像注入水庫般儲存在腦海中，日積月累，每越一段時日，總會以一場夢來舒洩。雖然這其中摻加了不少奇特獨創的想像，但畢竟屬於潛意識，若有樂趣也常不自覺。而如何能在日常意識下尋得管道將之抒發、將夢中的那些創造力「裸露化」，正是大多數喜好文學者的夢想。

詩以其簡短有力的身段，常成為年輕人達成此項願望和突破心靈困境的最便宜形式——也常是最初的形式。讀詩是讀別人的夢，即使有共鳴和洗滌，觸及的只是自身心靈的一部分，是間接的，是痛點的外敷。寫詩則不然，抱的總是自個兒的夢，是當下的、切身的、全力以赴的，是從內在出發的，是直接的、是痛點的自我內療。也因此，所謂樂趣全在「參與」的行為。看人釣魚的人很難掌握釣魚人的樂趣，一旦一竿在握，面對的其實不只是魚，而是整面湖或整座海，是龐大的渴望、好奇、掙扎與未知。即使力有未逮，但樂趣已在其中了。因之，釣魚的樂趣大半在釣不在魚，作夢的樂趣在作不在夢，寫詩的樂趣多半在寫不在詩。原來重要的是過程，是在那上下尋索的茫然與驚奇。

當然，沒有人願意只釣小魚不釣大魚，只作噩夢不作好夢，更沒有人只要寫壞詩而不寫好詩的。赫塞的話也許可再細加推衍：①寫壞詩是寫好詩的基礎，好詩是從壞詩的練習中磨練出來的；②這世間發表過或未發表的詩何止千萬首，好詩百不及一，因此世人寫的大半是壞詩，而仍樂此不疲者，看來是寫本身而非詩本身；③世人少有立志要寫壞詩而不寫好詩的，寫完後也少有人自承寫出的是壞詩，多半自認是好詩，好壞不是自招的而是他予的。更何況好壞並無二分法，常常見仁見智。

然而許許多多的人在還不甚明瞭什麼是詩時，就開始寫詩了，還有人未讀過幾首詩就寫了一大堆詩，有人即使讀了一堆好詩寫的卻都是壞詩。多數人一再煩惱的是「怎樣寫」而非「寫什麼」，他們常自問的是：「怎樣寫一首好詩？」其實最好是：「怎樣寫一句好詩？怎樣寫一堆好的詩句？怎樣找到一些美妙的想法？」前者是胎生，後者是卵生。因此不要期望每次都把一首詩完成，那樣只會使世界多出一些壞詩；寧可把一句或幾句詩寫好（甚至只是一個好的比喻），寧可只寫一堆好的詩句或一段好詩，這些好的詩句在將來都有機會成為一首詩堅挺的鼻子或有個性的大拇指，它們常是一首詩誕生的基礎。問題的關節是：很多人從來也沒寫過幾「句」好詩，難怪他們會寫出許多「首」壞詩來。

赫塞的話不妨稍加修正：「寫一句好詩的樂趣甚於寫一首壞詩，寫一首壞詩的樂趣甚於讀一首好詩。」如此一來，什麼是好的詩什麼是壞的？什麼是詩什麼不是，甚至怎樣才能成為詩？恐怕每回提起筆來，都要在心中反覆思考個幾十遍吧。

3

如何在語言之海的沙灘邊，讓初習新詩者也有可能「撿到」一些好的比喻好的詩句，或釣到一些好的想法，進而發展成一首詩，是本書寫作的目的之一。當然，屬於這類的篇章多少帶了些實驗性，這些實驗可能都不與前人所作的雷同，敘述也避免大量引經據典故作深奧的寫法，盡量簡易明瞭，有時候是把它當作一項語文的科學實驗來做的。太多的人把寫詩奉作一項神聖嚴肅光宗耀祖千秋百世的事業，他們也如此要求那些初入門檻的生手，筆者卻情願它起初是一項輕鬆而有趣的遊戲，進一步再求其成為完整嚴肅的文學篇章。藝術的開始不也是遊戲嗎？又有誰正經八百地開始作一場夢呢？

詩其實就是經驗與想像的相互追逐，是充滿挑釁味的遊戲。當遊戲的手法技巧漸臻成熟，遊戲的結果便慢慢成為自我思考反省的對象。一首詩的雛形即隱然成形了。

以上所談的只是本書的若干篇章，其餘有關詩的原理、詩的本質的探討，以及一些特殊手法的介紹等等，就不在此一一饒舌嘮叨了。如果你沒有太多的耐心或時間，則不妨先從目錄中打星號*的入手，再及於其他，尤其是有雙重星號**的。每個人都可能是詩人，而且潛力無窮，只是多半不知如何開始罷了。葉慈說：「從與他人的衝突中，我們發明了修辭。從與自我的衝突中，我們發明了詩。」大多數人只發明了夢卻沒有發明詩。但願這本小書對讀者在詩的創造發明上有一點小幫助。

本書這些篇章均先後在《藍星》詩季刊上發表，幾年來曾獲得甚多詩壇前輩、朋友的謬賞和鼓勵。因此首先得特別感謝詩刊主編向明先生，沒有他的大力支持、背後推動和暗中「陷害」，這本書是不可能完成的。而承九歌出版社蔡文甫先生的慨允，陳素芳小姐的協助，容許本書成為叢書的一葉，讓它有機會進入浩瀚書海中去漂浮，隆情美意，在此也一併致上謝忱。

——一九九一年十月於台北木柵

比喻的遊戲

1 比喻的重要

寫詩，基本上是一種「形象思維」，亦即將情感思想借助想像的活動而使之形象化、具象化。所謂「要使你的思想像薔薇一樣清楚」（艾略特語），即是此意。而詩的表現手法，大致上不外「賦、比、興」三種，其中以賦與比最基本，賦就是修辭學中的「直述」或「示現」，亦即黑格爾所謂「『表現特性』的形象」，將「所寫事物本身固有的實在情況表現出來」，也就是寫Ａ時只寫Ａ，不牽涉另一事物，但須用到壓縮、誇張、詞性變換等手法使具詩意。比就是「比喻」，包括明喻隱喻比擬等等，也就是黑格爾所謂「『不表現特性』的形象」，即「不在所寫對象本身上留戀，卻轉而繪述另一個對象，使我們更能明白原所寫對象的意義，得到更具體的印象」，亦即，寫A時借用B，寫此一事物卻牽涉到另一事物的並列、比較，或二者之間的替換轉移等。

事實上，「賦」是很難寫得好的寫法，「比」較容易，變化也多。《禮記》上說「不學博依，不能安詩」；亞里斯多德勸詩人「要作個比喻大師」；或如布魯東所說：「將性格極爲邈不相及的兩個對象拿來比較，或者，以任何其他方法將它們驚人且突兀地收作一處，始終是詩所企望的至高要務」，甚至有人乾脆把詩當作「比喻的文學」（村野四郎），等等這些，都是鼓勵寫詩者要善用、廣用、愛用比喻。

老實說，對初習新詩者而言，要使一首詩具有獨創性，不從比喻入手，在傳達印象時恐怕很難獲得「力量」和「新鮮度」，更難望要「驚人」了。何況不用「比」（意象的間接傳達）而採用「賦」（意象的直接傳達），經常讓人讀到的只是一堆情緒，甚至是淚痕和涕痕。

2 比喻的入門

修辭學書籍中關於比喻的分類多得嚇人，有的多達十類（韋勒克《文學論》則說，可多達二百五十種），新詩入門或童詩指引之類的書本中關於如何創造比喻也有多種說法，但不外運用「接近聯想」、「類似聯想」、「對比聯想」等聯想三原則，然而對於初學者而言，效果其實不大。主要是當他面對自己的經驗和想像時，沒有多少東西可以降臨心中。亦即當他首先考慮到「寫什麼」時，往往就被「題材」本身所限，然後再想到「怎麼寫」時，總覺「技巧」笨拙，無法轉身，如此所獲得的想像空間乃極為窄小、簡單乏味，留下的「詩的語言」也不容易有新意。而當他一再搜索不得時，便說要「等待靈感」，結果靈感未至，人已疲累困乏了。因此這種由「寫什麼」到「怎麼寫」的過程對初習者而言，實不易引起樂趣和效果。故布特勒（S. Butler）乾脆就說：「修辭學家創造出來的各項法則，除了指明他使用的工具是什麼外，其餘一無是處」，其意是說，熟讀一本修辭書，離創作之路其實還相當遙遠。道理很簡單，修辭學家並不曾真正教我們如何鍛鍊想像，如何訓練，強壯我們的「精神器官」！所謂聯想三原則，對已入詩門者或許用處稍大，對尚在詩門外徘徊者則頗為蹇困難行。

西方「詩學之祖」亞里斯多德對「比」的方法曾提出他的心得。《詩學》二十一章中就說：「以比論為據者，其可能情形為：設有ＡＢＣＤ四個名詞，其關係為Ｂ與Ａ相關，Ｄ與Ｃ相關，然後吾人可以Ｄ代Ｂ和以Ｂ代Ｄ而隱喻之。」他並且舉了兩個例：

例(一)

名詞	名詞	比喻
杯（Ｂ）	酒神（Ａ）	「杯」（Ｂ）是酒神之「盾」（Ａ＋Ｄ）（即以Ｄ代Ｂ）
盾（Ｄ）	戰神（Ｃ）	「盾」（Ｄ）是戰神之「杯」（Ｃ＋Ｂ）（即以Ｂ代Ｄ）

例㈡

名詞	名詞	比喻
老（Ｂ）	生命（Ａ）	生命的日暮（Ａ＋Ｄ）（即以Ｄ代Ｂ）
日暮（Ｄ）	白晝（Ｃ）	白晝已老（Ｃ＋Ｂ）（即以Ｂ代Ｄ）

筆者應用其法，另舉一例如下：

例㈢

名詞	名詞	比喻（如例㈠）	比喻（如例㈡）	可再引申的比喻
愛情（Ｂ）	生活（Ａ）	愛情是生活的小船	生活的小船（Ａ＋Ｄ）	溪流的生活（Ｃ＋Ａ） 生活的溪流（Ａ＋Ｃ） 小船的生活（Ｄ＋Ａ）
小船（Ｄ）	溪流（Ｃ）	小船是溪流的愛情	溪流的愛情（Ｃ＋Ｂ）	愛情的溪流（Ｂ＋Ｃ） 小船的愛情（Ｄ＋Ｂ） 愛情的小船（Ｂ＋Ｄ）

以亞氏之法所得上述各例或多或少都有點新意產生，寫詩者正可借用這點新意，再予以引申發揮，或許可引發出一首首小詩來。然而要找到類似這樣的ＡＢＣＤ四個名詞並非易事，比如下列四個名詞。

噴水池（Ｂ） 廣場（Ａ）

稻草人（D）水田（C）

其間即很難找到適恰的新關係。因此嚴格說來，若不能將亞氏之法予以擴充或修正，則其用途實在有限。

3 比喻的巧腕（*）

經筆者近年之研究，發現可經由兩種方式的擴大引申，而使亞氏之法獲具實用：

㈠將四個名詞擴大爲數十個名詞。

㈡由上述名詞再任意引申出各類辭彙，便可擴大吾人想像活動的範圍。

底下參照下面例㈣說明此新方法的應用步驟：

1. 先畫一表格約略如例㈣所示。
2. 將任何相關的兩個名詞一個置於A欄，另一個置於B欄中。
3. 任意列出十項至十五項相關的AB名詞，每項之間彼此差異最好大些。
4. 再逐項就各AB名詞能夠想到的各種辭彙，寫於C欄中。可隨意引申，不論是動詞、名詞、形容詞、副詞均可。此時可應用聯想三原則（參見〈想像的捕捉〉一文）。

5. 先就AB兩欄各名詞，任意地相互連結，可先以「××的××」形式寫下。留下稍有新意者（需自我評斷）。此時之連結可為AA、AB、BA或BB。如下舉實例㈠。

6. 再將C欄中各辭彙與上述A欄或B欄各詞，任意地相互連結，可為CA、CB、AC、BC，甚或CC均可。仍以「××的××」為之，有新意的才留下。如下舉實例。㈡以此步驟所得很多只是變位形容詞，並不見得是比喻。

7. 放棄上述「××的××」的形式，運用想像，試以任意句型去獲取較具「感覺」的詩句。比較任二辭彙或數個辭彙，看看有無詩意可產生。如下舉實例㈢和實例㈣。

例㈣

名詞（A）	名詞（B）	引申的各類辭彙（只舉一部分）（C）
①傘	雨	天空、雪、烏雲、雷雨
②落葉	樹	飄零、枯萎、盛開、繁華
③走索者	馬戲團	小孩、小丑、笑聲、滑稽
④浪花	海	貝殼、沙灘、衝浪、濤聲、礁岩
⑤蝸牛	動物	散步、房子、天線、牛步
⑥枕頭	睡眠	失眠、夢、牀、夢遊
⑦出殯	墳場	死亡、出生、時間、醒不來、棺木、釘子

⑧新娘	婚禮	熱鬧、排場、洞房
⑨跳繩	遊戲	童年、跳躍、拱門、腳尖、院子
⑩挑水者	井	辛苦、倒影、井桶、繩索
⑪酒窩	臉	美麗、可愛、池塘、漣漪、眼睛、鼻子
⑫油燈	黑夜	光亮、黑暗、燭火、燈芯、燃燒、焚化
⑬日子	生活	苦悶、快樂、無聊、孤獨

下面即根據上表將兩種迥不相同的事物並置一處使生聯想：

甲、根據上表及步驟5.所述可先得到A欄B欄間的連結。

實例㈠：

樹的傘、井的日子、落葉的雨、雨的浪花、枕頭的生活、海的走索者、井的酒窩（A＋B）

油燈的日子、日子的落葉、傘的浪花（A＋A）

井的臉、樹的雨、睡眠的墳場、井的生活（B＋B）

乙、再根據上表及步驟6.可再得到C欄與A欄或B欄間的連結，乃至C欄與C欄間的連結：

實例㈡：

枯萎的臉、盛開的雨、繁華的樹、失眠的雨、熱鬧的墳場、死亡的遊戲（C＋B）

盛開的笑聲、枯萎的夢、枯萎的天空、夢的倒影、眼睛的天空、小丑的天空（C＋C）

夢遊的落葉、時間的蝸牛、日子的天線（C＋A）

丙、運用上表或甲、乙兩項所得，根據步驟7.所述，「稍微想像」，以獲得簡單但較有詩意的句子。（例句下面的號碼請見上表）

實例㈢：

1.站在腳尖上的日子（芭蕾舞）（⑨＋⑬）

2.拉起一桶桶井的酒窩（挑水者）（⑩＋⑪）

3.日子在燭火尖上燃燒著（⑫＋⑬）

4.濤聲斷裂在礁岩上／爆出一堆堆繁華的雪（④＋①＋②）

5.池塘邊，挑水者走過

一排排辛苦的倒影（⑩＋⑪）

丁、運用更多的想像，以上述各項爲基底，寫出稍微複雜的詩句。（例句下面的號碼請見上表）

實例㈣：

1.衝浪人是海的走索者

沿著水的稜線，踩過一朵朵浪花（④＋③）

2.笑聲盛開著，那小丑

站在整座酒窩的底部

向仕女們合不攏的嘴深深鞠躬（③＋②＋⑪）

3.
挑水者放下長長的繩索
拉起一桶桶井的酒窩（⑩+⑪）

4.
沙灘是貝殼們的墳場
一粒粒細而渾圓的美麗
被海的大手搓了又磨
被死亡……（④+⑦+⑧+⑪）

5.
童年在院子裏跳著繩子
輕輕提腳，就越過
一圓弧一圓弧的拱門
倏忽倏忽，越過一長串的日子（⑨+⑬）

6.
最後，那燭火踮起了腳尖
伸手把黑暗的幕帷拉下來（⑫+⑦+⑨）

7.
日子也是一樣，像浪花
一朵一朵，枯萎在夢的沙灘上（⑬+④+⑥）

8.
至少還有一盒子醒不來的黑暗
伴著你，釘牢，脫不了身

一起焚化（⑦＋⑫）

4 比喻的大海

每個人的大腦都是一座海——至少是一座水庫，其累積的經驗和知識事實上多得嚇人，會運用想像的人，則其想像有時是一艘大汽艇，有時是一隻小潛水器，拖著魚網，持著魚槍，或切開過去，或潛入探幽，深藏的是許多驚人的未知。然而多數人的想像常只是一隻小小的蜻蜓，飛越水面，常常不知如何「下足」，即使勉強點落水面，有的還可激起一圈圈漣漪，有的只是沾起了一點點水滴。

也可以說，我們記憶所儲存的是一座天池，而想像是風，吹過水面時，要是懂得吹的技術，則必可一層再一層刮起薄薄的水分，然後於空中隨意組合，成霧成雲，白雲或蒼狗，概隨君意。而這種吹刮的技術，最好是從「遊戲」開始，才容易學習並獲得樂趣。

而上述的方法正是一種練習和遊戲，一種寫詩的暖身運動而已。它絕非寫詩的唯一方式。正確的寫詩方法最好還是「因情造文」，由「寫什麼」到「怎麼寫」。而筆者此法只是「因文造情」，由強制聯想到想「寫什麼」。它曾經過一些初習者的實驗，證明的確是一項很有趣的寫詩遊戲，而寫詩有時正是一種「嚴肅而有趣的語言遊戲」，不過也要付出一些努力。夢幻藝術畫家米羅曾說：「我需要一個起點，這或許只是一粒塵埃，或許是一道光芒，這些形式皆能使我創造出一系列作品，一件東西會衍生另一樣東西，因此，一條線便能讓我啓動整個世界。」好一個「一條線便能啓動全世界」！然而須注意的是，「一條線」、「一粒塵埃」、「一道光芒」都只是啓動靈感的小媒介，眞正啓動世界的主導者、努力者不是別人，是自己！

因此，提筆力行要比枯坐冥想來得實際，對初習者而言更是如此。

想像的捕捉

1 聯想的原則

想像要用魚網捕捉的，魚網可以做得很大，也可以做得很小；可以什麼魚都抓，也可以只抓一種魚。一般人做的魚網只有一個開口，搜尋竟日收穫有限，好的積極的想像應讓魚網有多門入口（當然要能進不能出），則魚兒收穫量必大爲增加。

前述〈比喻的遊戲〉一文，採用的魚網就很大，多門入口，而且什麼魚都抓，大小通吃。其缺點是造成佳句易，成就詩篇難，由數句發展成一篇尙需一番努力。本文則改變策略，只抓一種魚，亦即先知道要抓什麼魚（主題已知），然後結網罟以待，不過仍希望魚兒從四面八方湧來，使收穫量能夠大些。即使有時會跑進別種魚，這也無妨。

想像常用的手法——接近、類似、對比等聯想三原則在此便扮演了相當重要的角色。在實際運用之前先列表作一說明：

聯想法	性質	用法	*示例	修辭學名詞	使用難易度
接近聯想	所述對象均爲相近的事物或同一類事物	舉出描寫對象的特性、形態、背景，和形成的原因等	風聲牽回來叮嚀一聲駝鈴／走過的坎坷便被輕輕掃平了（白靈）	賦 示現	不易用
類似聯想	所述對象之間非爲同類而爲某種性質相似者	運用強制關聯法，使兩不相干事物產生聯想	當風的彩旗像一片被縛住的波浪（汪曾祺）	比 類比 比喻	容易用
對比聯想	二事物間因大小、強弱、色彩、時間、空間、是非、善惡……等成對比者	將二對比強烈事物並置、使產生關係，常需誇張、反諷或運用否定等	就在昨天／凱撒的一句話還能抵擋全世界（莎士比亞）	賦或比 倒反 誇飾	難用

事實上，一首圓熟的詩經常是此三種聯想的交互運用，只是有的比例較重、有的較輕。

這三種聯想法中以「接近聯想」最爲普遍、最接近散文、也離詩最遠，是最普通也最「合理」的想像，它離描寫對象最「近」，關係也最「舊」。而偏偏詩的想像是要打破舊關係以找到一個新關係新秩序，此新關係常是詩的「韌帶」。而「類似聯想」因二事物本就離得很遠，只要有點蛛絲馬跡可尋，馬上可令二者「搭上」，建立新關係。而「接近聯想」因彼此離得太近（比如由書桌想到挑燈夜戰，由沙漠想到駝鈴和坎坷等），非得先打破舊的無法找到新的，故常須用感官移位、詞品變換等手法獲得新關係，如表中示例的「牽」及「坎坷」均是。其他如修辭學中常用的「迂詞法」、「反覆法」、「並置法」、「層遞法」……等也可使所述對象凸顯。馬致遠的〈天淨沙〉即爲接近聯想使用並置與層遞達到的效果，事實上並不容易。

「對比聯想」也是常用而不太容易用的一種，如「一張嘴煽動了整個村落」或（許茂昌）「推動搖籃的手可以支配全世界」，均是以部分代替全體，使大小對比強烈而獲得詩意。或如「赫魯雪夫是一個好人」（瘂弦）、「殺老虎的人都被冤枉了」則借是非之顚倒加以諷刺，從而建立一首詩的基本調子。亞里斯多德在《詩學》一書中也提到一種「有無」之間的對比：「一事物可加上一個對其自身固有屬性的否定語而成新詞。」比如「廚房的炒鍋」是舊詞，「失去廚房的炒菜鍋」就成了新詞了。它如「沒有翅膀的愛情如何飛翔」、「失去沙漠的駱駝」、「一條沒有兩岸的橋」、「一隻睡在博物館裏的小船」、「一隻吮著奶瓶的小羊」……等也都可視爲對比聯想。

2 聯想的大樹（*）

任何人的想像都是跳躍不安的，很難有個順序，若要捕捉它，則不妨自創順序，使之稍稍穩定、按序湧現。其步驟經筆者一再試驗，發覺可如下舉二例所示：

1. 將要寫的對象試以「××的××」表示，如「蠟燭的火光」、「畫布的天空」。
2. 先以上面兩個字為中心，運用接近、類似、對比聯想寫出任何可以想到的辭彙（名詞、動詞、形容詞、副詞均可），如例㈠中的①、④。
3. 將步驟2.中所得任何辭彙再運用同類手法繼續衍生，如例㈠中的②、③。請注意此處衍生只是隨機選擇其一而已，衍生之選擇及多寡乃至無限，就全視個人興致了。
4. 再以下面兩個字為中心，聯想如步驟2.3.，如例㈠中之⑤、⑥、⑦、⑧、⑨。
5. 由上述所衍生的各個辭彙作相關聯想或強制聯想，一如上篇〈比喻的遊戲〉中所作的，寫成「××的××」，則可因而產生不同的感覺和情緒。如示例甲。
6. 亦可由衍生的辭彙不斷與主題相互連結，使情緒在其間出入，因而運轉想像或相關記憶，從而獲得詩句，大致上這樣獲得的詩意與主題應相當接近，如示例乙、丙。

例(一)

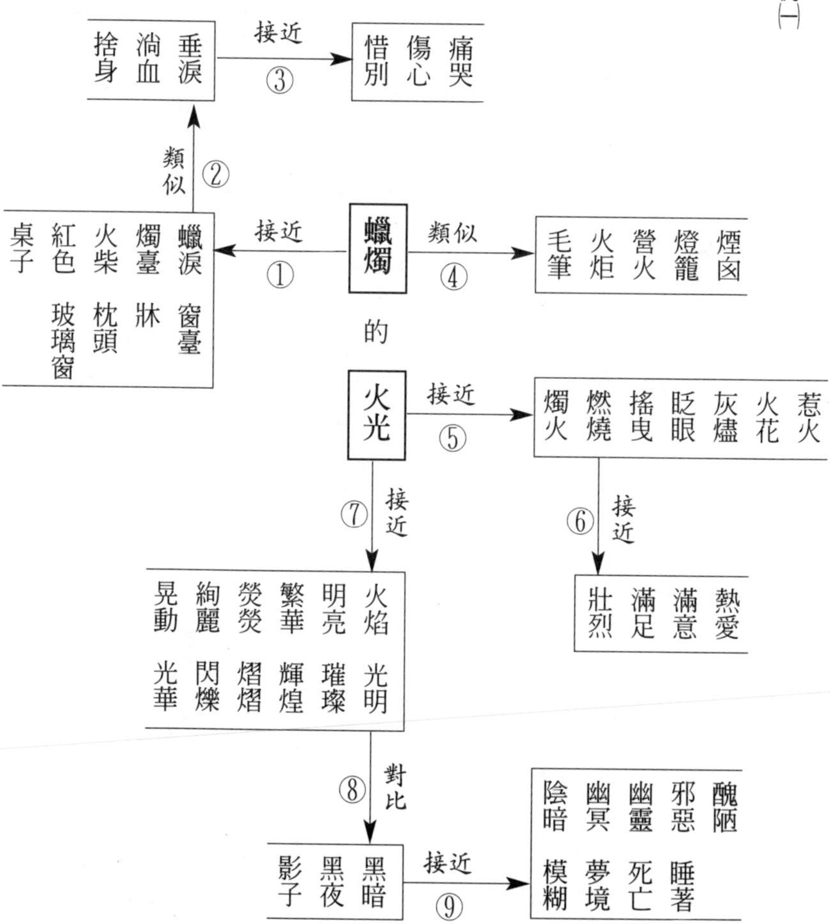
蠟燭
的
火光
接近 ①
蠟淚 燭臺 火柴 紅色 桌子
窗臺 牀 枕頭 玻璃窗
類似 ②
垂淚 淌血 捨身
接近 ③
痛哭 傷心 惜別
類似 ④
煙囪 燈籠 營火 火炬 毛筆
接近 ⑤
惹火 火花 灰燼 眨眼 搖曳 燃燒 燭火
接近 ⑥
熱愛 滿意 滿足 壯烈
接近 ⑦
火焰 明亮 繁華 熒熒 絢麗 晃動
光明 璀璨 輝煌 熠熠 閃爍 光華
對比 ⑧
黑暗 黑夜 影子
接近 ⑨
醜陋 邪惡 幽靈 幽冥 陰暗
睡著 死亡 夢境 模糊

由例㈠的圖形可獲得以下示例：

甲、連詞：眨眼的火焰、晃動的夢境、熱愛的死亡、捨身的滿意、搖曳的紅色、燃燒的熱愛、睡著的蠟淚、燃燒的牀、壯烈的火柴、紅色的灰燼、死亡的火花、璀璨的黑夜、痛哭的蠟淚、垂淚的火、晃動的光華、邪惡的牀、紅色的死亡、淌血的熱愛。

乙、詩句例：

①一根蠟燭在自己的光焰裏睡著了（羅智成）

②（蠟燭）像一支毛筆向天空奇妙的畫著（羅智成）

③一根火柴閃爍著一個夢（賴仲玉）

④繁華了黑夜，卻徐徐淌血
唱出捨身的滿意（楊麗中）

⑤蠟燭的淚是紅色的惜別
蠟燭的光是熱愛的死亡（彭慧芳）

⑥蠟燭因燒破了黑暗而悄悄垂淚

⑦最後枕著自己的淚睡著了

⑧這時候什麼也不要說
看燭光熒熒一點

在你的眼瞳中緩緩搖曳

⑨小寶寶睡了
燭火款擺著
母親的手也來回地搖
把小寶寶的世界呀
輕輕搖入夢中

⑩繞過龍柱，風悄悄
竄上神案，吹熄——
眾佛眼中點點燭火

⑪羣山坐下來
眾星則蹲在它們肩頭
看夜的山阿一堆營火
明　明　滅　滅

丙、小詩例：

①竹林在狂風中甩著滿頭亂髮
幽靈踢起落葉尋找自己的腳印

整座山只有窗臺上那根紅蠟燭
眨也不眨眼，驚訝於黑暗中
玻璃窗上，一個亮麗、惹火的身影（燭臺）

②幾聲梆子敲沉了整座村落
已闔眼的世界在狗吠聲中翻身
一隻失眠的青蛙凸眼滴溜溜轉
池上一個燈籠，池底一個燈籠
敲更人提著一個晃動的夢境……（燈籠）（以上白靈）

由寫蠟燭最後變成寫燈籠，也只是偶然，算是額外的收穫，創作的人最喜歡這種「意外」了。

例(二)

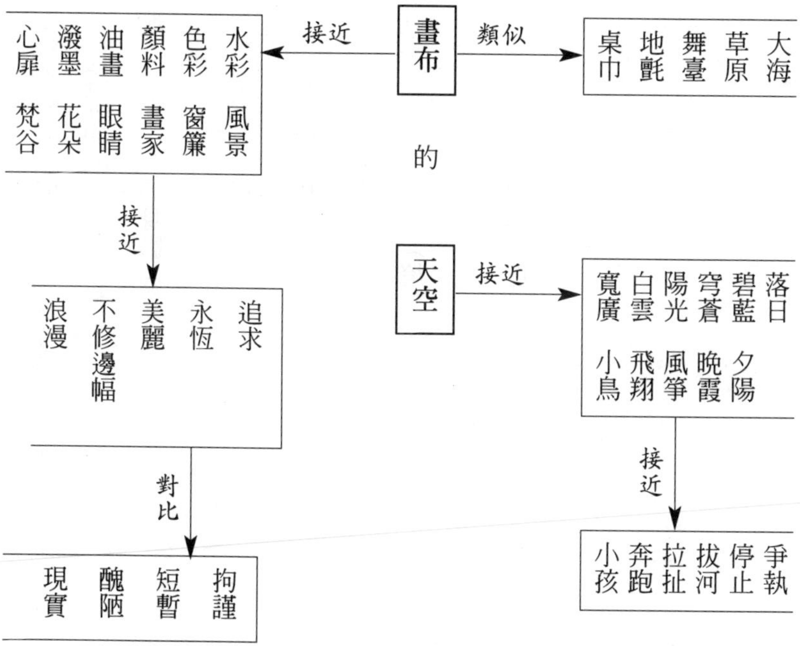
畫布
的
天空
接近
類似
接近
接近
對比
接近
水彩 色彩 顏料 油畫 潑墨 心扉
風景 窗簾 畫家 眼睛 花朵 梵谷
大海 草原 舞臺 地氈 桌巾
追求 永恆 美麗 不修邊幅 浪漫
拘謹 短暫 醜陋 現實
落日 碧藍 穹蒼 陽光 白雲 寬廣
夕陽 晚霞 風箏 飛翔 小鳥
爭執 停止 拔河 拉扯 奔跑 小孩

由例㈡圖形則可得如下簡單詩句，其運用的相關辭彙大多可在圖中找到：

①天空中有幾抹不修邊幅的顏料（陳玲伶）

②枕著夢，閉起眼
天空停在小小心扉中
可以塗上顏色（呂理政）

③你曾經在畫布的天空裏放過風箏嗎（杜十三）

④整齣黃昏是白晝與黑夜浪漫的爭執

⑤天空高高停在那兒
拘謹得像要流下藍來

⑥草原上牛糞堆冒出的那朵小花
是整片風景的眼睛

⑦草原像一面桌巾似的
秋天一到，就抖成大黃色

⑧落日掉到大海的波浪上
彈了兩下

⑨夕陽在天空擠了滿天的顏料

⑩直到都看不見了
　那小孩開始拉著天空奔跑
⑪線在這頭，風箏在那上頭
　細細一線，就可與整座天空拔河

小詩例：

①黃昏是白晝與黑夜浪漫的爭執
　　雲彩把滿天顏料用力調勻
　　　天空再也抱不住的——
　那落日，掉在大海的波浪上
　　　　彈了兩下（爭執）

②扶搖直上，小小的希望能懸得多高呢
　長長一生莫非這樣一場遊戲吧
　細細一線，卻想與整座天空拔河
　上去再上去，都快看不見了
　沿著河堤，我開始拉著天空奔跑（風箏）（以上白靈）

3 聯想的「反應」

事實上，要作成下述例㈠及例㈡的圖形，對任何人來說都很容易，甚至可以作得像一棵樹一樣繁密，然而圖形作出來後，並不是想像的終結，而才是想像的開始。也可以說，作圖只是記憶的運用而已，所謂聯想三原則，至此只是把腦中積存的積極辭彙作一漂亮的排列罷了。這些辭彙可以說就是「想像的元素」（有些可能無用），它們彼此不會「反應」，除非你讓它們「反應」。而在它們反應之前它們什麼也不是——一堆死辭彙罷了！比如看到例㈡圖形中的「風景」與「眼睛」二辭彙，其思索（即想像與判斷的交相運用）過程可能如下表所示，此過程或可說是「由想像元素的出現到想像化合物的完成，亦即反應的完成」：

想像可能的步驟	由死辭彙到新關係的建立
①：想像的元素之發現	風景 眼睛
②：強制聯想	A、風景的眼睛 （好像有點什麼，底下以此爲例） B、眼睛的風景 （好像也有什麼，但似乎A較明顯，先放棄B）

③：還有什麼新元素可加入，使②更豐富？	花朵？小花？草原？
④：使③與②再生聯想	小花是風景的眼睛？（似乎不夠完整，小花應長在那兒？）
⑤：使④之意義再豐富	牆頭那朵小花是風景的眼睛（應該可以再好更）
⑥：運用更多想像，使⑤更完整	草原上牛糞堆冒出的那朵小花是整片風景的眼睛（一個簡單的想像化合物完成了！）

4 聯想的鼓舞

上述這些步驟所得到的只是簡單的詩句，離一首詩的完成仍有一大段距離，但這些簡單詩句的集合常是一首詩必備的骨架；有時也可能是「觸媒」，亦即這些簡單的詩句常會「鼓勵」你去寫成一首詩！（如前舉四首小詩例均自實驗句中集合而成）

以上的方法與〈比喻的遊戲〉一文所述唯一不同的是，它攻擊的對象均離一個主題不太遠，甚至很近，而〈比〉文所得則跳躍太快，事先並無所謂主題可言。

發明狂犬病疫苗的大科學家巴斯德曾說：「『偶然』絕不會賜予不作準備的人」——他的發現疫苗得自一次生了大病的「偶然」，但卻事前事後都作了多年的努力。一首詩的「完美」（不只是完成）也是一樣，不能好高騖遠，如能從容易掌握的方式入手，浸淫日久，則自有新發現，那時寫詩「隨手拈來皆成章」，大概也不必講究什麼方式或方法了。

煎出一首詩

1 內省的工夫

詩的想像是霧，詩的句子是這些霧凝聚的露珠。前兩章我們談的是霧與露珠間可能的關聯，也就是如何把霧捕捉過來放在自己心之荷葉上的可能方式。然而這些捕霧的方式因人而異，有的人用空氣壓縮法、有的用溫度冷却法、有的則乾脆抓一把水來灑成露珠，正因其法殊異，且寫詩的大都不輕易「示人」，尤其一些大師級的，更是玄之又玄，遂成神祕。筆者只是野人獻曝而已，不外想拋磚引玉，故與他人所述可能出入甚大。然而若詩人都能「露」一招半式，讓後來者取捷徑而由之，就像在江湖上留下一些「捕霧成露」的「拳譜」或「祕笈」，拳譜越多，則「詩之盛世」日後焉能不興？

大致上，詩句的完成都難免要經過一番內省工夫，內省的時間越短的屬「坐即得之型」，則其人詩路必然敏捷，可能才氣橫溢。內省越久者，其人則屬於「撚斷根鬚型」或「困而得之型」。不幸的是，筆者屬於後者，因此底下擬先就一行詩、五行詩等小詩完成時困蹇的「內省」過程先作一番「曝曬」。

2 語言與內容

所謂「內省」或可分爲「內容的內省」與「語言的內省」。二者的內省步調有時一致，有時並不一致。不一致者常以「詩想」（內容）取勝，善用口語，詩路易跳躍廣闊，一致者則講求語言的「精美」，但反易受語言束縛，題材範圍容易侷限。少壯一輩的詩人中，羅青即屬於「不一致」詩想型的先行者，另如渡也和蘇紹連，他們早期作品較偏於講求語言內容的一致型，近期則偏向不一致的詩想型。

內省時最好先從內容的內省開始，可以想得很「遠」，也可以很「近」，再次及語言，略有所得後，發覺不滿意，可轉回內容再重新觀察，於是：

題　材 ①→ 詩的內容 ②→ 詩的語言 ③→ 詩的內容 ④→ 詩的語言……

步驟①在不一致詩想型中最爲重要，有所得時常已「謀篇」完成，剩下來只是尋求適當的語言記錄下來而已，比如筆者寫〈魔術師〉及〈剝虎大師〉兩首分別描述「仿冒王國」及「殺虎惡習」的社會寫實詩時，最感困難的即在題目遲遲才出現，題目一想妥則整首詩頓獲重心，未下筆前詩幾乎已完成大半。但寫〈竹葉青〉與〈蒲扇〉時則字斟句酌，內容與語言交相纏繞，語言完成時才是內容的完成。因此也可以說，不一致的詩想型屬於想像的「突破」，而一致的語言型則屬於想像的「扎根」，前者要大膽，後者要心細。

底下舉的詩化廣告詞，題目叫〈捐獻器官〉，只要一行，即應屬於內容很難突破，主要在求語言的精簡動人，可說是要寫「一致型」的詩句。其當初由內省到寫定的過程簡單羅列於下：

(1)**題材**：捐獻器官

(2)目的：一行廣告詞，越短越妙

(3)**內省步驟**：

內容的內省	語言的內省（詩句）	檢　討
①捐獻的意義很了不起，小小器官可在另一生命中繼續工作	①每個器官都很渺小，但都極偉大，而如果讓它不斷地歌唱的話呢？	①太長了囉嗦散文
②捐獻是愛的具體行動，愛可繼續下去，跟器官一樣跳動	②你捐贈的器官，將使您的愛在人間不斷地跳動	②仍太長
③捐器官就是捐出一種愛	③您捐贈的愛將在人間不斷地跳動	③稍好但有些器官不用跳動
④既然已明知內容是「捐贈器官」，捐贈就不必強調	④不要讓您的愛在人間停下來	④「不要」有些不夠主動
⑤應該快完成了，只剩下把句子弄得通暢	⑤你的愛將在人間停不下來 ⑥讓您的愛在人間停不下來 ⑦讓你的愛在人間停不下來	⑤「將」字不好 ⑥「您」字不好 ⑦就是這一句了

3 小詩內省例

另外以一首五行詩作例：

(1)題材：湖光山色

(2)**目的**：五行詩，能有種寧謐之感。內容平凡，顯然要求的是語言的精緻。仍屬前述的一致型。

(3)**內省步驟**：

A內容的內省：想寫白雲悠閒之感、鳥叫的空曠、波浪淺盪的樣子、羣山眾樹搖動或不搖動的景象，經過思索，認爲這些最能代表所見湖景。

B語言的內省：起初得底下粗略的句子，似乎已將前述內容寫入了。

開始是一朵白雲散步過去
然後是幾隻鳥影划過湖心
牠們的叫聲使整座湖
淺淺淺淺的蕩漾
羣山眾樹紛紛倒頭栽入

C除三、四兩句較得意外，第一句太平凡、第二句還可以，然而不夠有力，於是再經底下一句句語言的內省：

第一次修訂

①開始划出去一朵白雲
②然後是幾隻鳥影追過湖心
③牠們的叫聲使整座湖
④淺淺淺淺的蕩漾
⑤羣山搖晃，紛紛倒頭栽入

第二次修訂

①開始是一朵白雲抹亮了湖心
②然後用力游過去幾隻鳥影
③牠們的叫聲使整座湖
④淺淺淺淺的蕩漾
⑤羣山坐不住了搖搖
⑥晃晃紛紛倒頭栽入……

第三次修訂

①一朵白雲抹亮了湖心
③奮翅游泳過去幾隻鳥影
③鳥的叫聲使整座湖
④淺淺淺淺的蕩漾
⑤羣山坐不住　搖搖
⑥晃晃　紛紛倒頭栽入了……

本來想寫五行，最後得六行，也無不可。

4 內省六何法（＊）

對於稍長的詩，如十五至三十行的，則宜將內容的內省擴大，將想像與經驗、知識等揉捏整理，直到它有較清楚的輪廓出現。此時不妨應用所謂「六何法」，將描寫的體材發生在何時（when）、何地（where）、何事（what）、何因（why）、何人（who）、如何（how）等一一列出，把可能的一切放在腦中不斷反覆思索、集中，或分門別類，涉及的根鬚越廣越深，則可資運用的材料便容易掌握、左右逢源。爲方便說明，茲以拙詩兩首爲例，運用「六何法」列出「內容的內省」的範圍，至於「語言的內省」因篇幅過長，此處從略：

①〈鐘乳石〉一詩的「內容內省」：

鐘乳石

時空背景 when where

1.白天
2.洞裏是永遠的深夜
3.深入地下，可以很深
4.迂迴盤繞處處有發現
5.如果燈熄後呢

何物 what

1.燈光打在鐘乳石上晶瑩剔透
2.個個獨特相異，肥胖或瘦削
3.圓熟滿足的線條宛如詩的線條
4.有處於幽暗、有處於明亮或嬌小幼嫩，或龐然壯偉

原因 why

1.其成長乃緩慢了歲月所得
2.點點滴滴，千萬滴才成就一顆小結晶
3.鐘乳向下，石筍向上，何時才相碰
4.鐘乳知道石筍在向上嗎，石筍呢
5.這樣的過程與什麼過程相似？寫詩？

何人 感覺如何 who how

1.立於洞中爲永恆所包圍
2.大自然無所爲而爲
3.人類即使有意爲之，但所造物質卻極爲渺小、粗糙
4.也許只有精神的創造可人人殊異

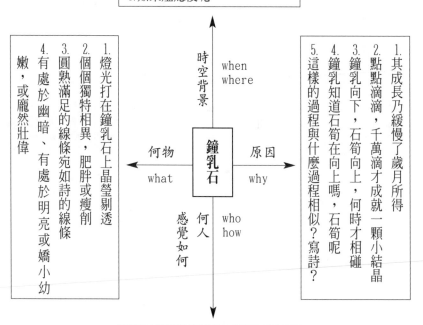

詩作：

詩篇寫成了讀起來多麼容易
而我的，仍垂懸著，無窮的待續句
在內裏，向深洞的虛黑中
探詢呀探詢
數萬滴汗珠詠成一個字
而滑脫的字句呢，掉下去，只有
通通的回聲，都叫黯黯的地下河帶走了
好久好久，才有堅實的響應
像是指尖　滴在　指尖上
那是水珠與水珠的拍手
句與句的呼應，卻是
幾千萬年的距離啊
可以感覺相遇時會是怎樣的震撼

當向下的鐘乳與緩緩、向上的石筍
當可知的與冥冥中那不可預知的
在時光的黑洞中，輕輕的
一觸！

②〈出塞曲——詠絲路〉一詩的「內容內省」（請見次頁）：

1. 從何時開始的，張騫之前就有了吧
2. 延續了幾千年，一個世紀吹向一個世紀，一個綠洲颳向另一個綠洲
3. 無垠的沙漠，綠洲宛如肚臍，人宛如螞蟻
4. 歷史殘破不堪，不知如何記載這龐大的空間

時空背景 when where

絲路

何物 what

原因 why

何人 感覺如何 who how

1. 風沙漫天，流沙坐成一個個沙丘
2. 駱駝在綠洲之間行走
3. 綠洲會移動，舊的只剩殘堡、木樁、尖塔、千佛洞乃至枯骨，點綴沙漠中
4. 路程漫漫，腳印很快爲風沙所掩埋。天空在沙漠上空著
5. 綠洲是旅人暫息之地

1. 東西方的貨物來往交換，各取所需
2. 文明在此邂逅，相互影響，也許只是無心
3. 有的爲了武功，有的爲了經商，有的路過爲了取經
4. 征戰的士兵呢？駱駝呢？死於戰亂的百姓呢？他們在絲路中爲了什麼而活著？

1. 來往的是新的一代踩過舊的一代的腳印、駱駝的、馬匹的、旅人的、將軍的、士兵的，張騫、玄奘、成吉思汗，……。年代不同，來往的人不同。
2. 每個人都被吹得孤獨，綠洲亦同，一點一點，在沙漠中，宛如一條虛線
3. 千萬個足跡走過去，卻什麼也沒留下，即使是現代的車痕，可能是遊覽車的

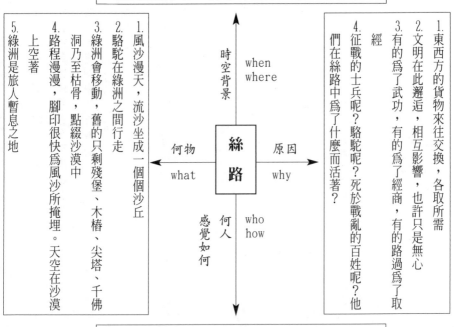

詩作：

出塞曲
——詠絲路

繁華至此，都被搓成荒漠
風沙漫天而降，自上一世紀
吹向下個世紀，由這片綠洲
呼呼颳向下個綠洲
歷史剛爬上新砌的城堡
又向下一個可能的方向
眺望，綿延迤邐，一點接一點
數千公里長，一條游移
不定的虛線

點與點間是空著的歷史
整座天空都空下來的沙漠
海般呼嘯，山樣沉寂

綠洲在兩頭，昨天和明日
在遙遙遠遠的兩端
千萬隻足跡也填不滿
駱駝的、馬匹的、旅人的
經商的、取經的、武功的
張騫的、玄奘的、法顯的
即使吉普車深履的轍痕也填不滿

唯有歲月疲憊不堪了
殘留下木樁幾根、枯骨數堆
城牆一壁、尖塔半座
黃昏來臨時，這些那些
都跟落日坐在一起
扯緊了歷史的風聲
淒、厲、哀、號——
風沙也坐了下來

地平線上新隆起一座沙丘

5 靈感靠陷阱

詩是「煎」出來的，有時要用文火，有時要用武火，但最怕無物可煎。詩是「捕捉」過來的，有時會抓到小野兔，有時會碰到難纏的狗熊，但最怕「陷阱」始終是空的。然而更重要的是：「火」隨時要點著，「陷阱」要隨時安放，隨時去巡察。詩若要靠「偶然」去撞上，機會眞是少啊。

意象的虛實

1 意象無用說

大半喜歡新詩的人都從接觸作品開始，很少從理論開始，因此關於「意象」是什麼，恐怕都是很後面的事。事實上，多數寫詩的人從不知什麼是意象就開始寫了，也有很多人在還「來不及」了解前就已不寫了，當然，也有不少人在即使了解什麼是詩的意象之後還是沒有把詩寫好。似乎了解歸了解，創作歸創作，對如何「創造」詩的意象幫助並不大。「意象」這名詞竟是個「無用」之物！

然而若眞的不懂得「意象」，還眞的不容易把詩了解得眞切，因此本文只想用較淺顯、實用的觀點來探究它，看是否能較一般修辭學的書籍或長篇的學術論文容易「消化」。

2 意象情景說（*）

首先，我們回顧一下「意象」的定義，至少有以下幾種說法：

①經驗的再生或記憶
②心理上的圖畫
③用文字畫的圖畫
④意象是情景的「景」
⑤意是意境，象是形象
⑥形象是形象，意象是意象，形象是寫生畫（人生的圖畫），意象是寫意畫（心靈的圖畫）
*⑦是瞬間的知覺與情緒複合後的表現
*⑧事物客觀的呈現，詩人思想觀念的具體化
*⑨意是內，象是外，內在之意借外在具體事物、行爲、感官等之「象」來表達
**⑩意就是情，象就是景，或寓情於景，或觸景生情，或是情景交融

第⑩種打了個**號，表示這說法最清晰，而這正是中國古典詩最強調的作詩觀念：

> 寫景，或情在景中，或情在言外；寫情，或情中有景，或景從情生；**斷未有無情之景、無景之情也**。又或不必言情而情更深，不必寫景而景畢現，相生相融，化成一片。（朱庭珍《筱園詩話》卷二）

這個說法並不「八股」，依然非常「現代」！**只不過情景二字聽慣了講爛了，毫無新鮮感，因此學詩人寧捨「情景」而就「意象」**。

如果講得淺顯一點就是：世間一切能寫入詩中的，不外「情」（感情）、「理」（思想）、「事」（人事）、「物」（外物）四項，前兩者是看不見的，我們用一個「情」字來代表；後兩者是看得見的，用「景」字來代表。看不見的是「虛」的，看得見的是「實」的。「虛」的（情、理）要用「實」的（事、物）去表現才易讓人清楚，即必須「寓情於景」，「實」的（事、物）要加入一點「虛」的（情、理）才會不俗，而且生動，即「觸景生情」，用一個「失戀的」例子來說明將更清晰：

意象示例	情景範圍	意象說法	詩與非詩
①你到底愛上誰啦？	只有「情」	只有「意」而無「象」	非詩
②你的脣抹過誰的口水？	「脣」、「口水」均只有景	只有「象」而無「意」	非詩

	（有「情」也粗俗、直接）	（或「意」太顯明）	
③你的脣抹過誰的愛？	「脣」是景，「愛」是情，景中含情	「象」中有「意」	詩

再以鄭愁予等人詩句爲例：

非詩	詩	說明
①有駝鈴垂在頸間的駱駝 有淚水含在眼裏的旅客	⑥有命運垂在頸間的駱駝 有寂寞含在眼裏的旅客	「命運」、「寂寞」是虛的，景中含情，實中帶虛
②一把古老的水手刀 被抹布磨亮 被用於砍柴，被用於抓魚 ……	⑦一把古老的水手刀 被離別磨亮 被用於寂寞，被用於歡樂 ……	「離別」、「寂寞」、「歡樂」是虛的，「水手刀」是實的，寓情於景，景中含情
③被風雨和望歸的靴子磨平 的戍樓的石垛啊	⑧被黃昏和望歸的靴子磨平的 戍樓的石垛啊 （⑥⑦⑧均爲鄭愁予詩句）	「黃昏」是虛的，「靴子」是實的，實中帶虛
④你看到我的焦慮嗎？ 痛苦得想喊出來	⑨我焦慮，如未被發現的定律 呼之欲出，如大教堂的鐘擺 （羅智成詩句）	「焦慮」是虛的，情的，「定律」、「鐘擺」都看得到，寓情於景，虛中含實
⑤你的名字我天天念著	⑩你的名字化作金絲銀絲	「名字」字虛的，「金絲銀

五十年都無法忘記	半世紀將我圍纏（敻虹詩句）	絲」是實的，亦虛亦實

從上表可看出，①、②、③只有「景」而無「情」，即只有「象」而無「意」，故不能成其爲詩；④、⑤只有「情」而無「景」，即只有「意」而無「象」，所以也無法說是詩。而⑥、⑦、⑧、⑨、⑩等均如該下欄的說明，情景均具，即意與象均有，乃是詩。朱庭珍說的「斷未有無情之景、無景之情也」，「斷」字是說「絕對是這樣！」，證諸前舉各例，眞是所言不虛啊！

3 意象的原理（*）

上述這些觀念可以畫成一個表來看：

詩創作的內容			
情（感情）	理（思想）	事（人事）	物（物象）
情		景	
意		象	
虛		實	
精神的（心）		物質的（物）	
看不見的		看得見的	
抽象的		具象的	
主觀的		客觀的	
宜隱		宜顯	
要寓情於景、虛中帶實、主觀的以客觀的事物去呈現		要景中含情、實中帶虛、客觀的事物須加入主觀的思想、感情	
情宜隱，景宜顯，最好是情景交融、亦虛亦實			

詩從辭、句，到寫成一篇，莫不秉持此簡單的原理：情＋景，意＋象，虛＋實，精神的＋物質的，看不見的＋看得見的，抽象的＋具象的。只要稍微用點心，人人都至少可寫出像樣子的詩句來，比如簡單的：

①燙燙的稻穀→燙燙的喜悅
②一片遼闊的草原→一片遼闊的靜默
③紫丁香掩住青石上的苔→紫丁香掩住青石上的詩
④青澀的蘋果→青澀的蘋果和愛情
⑤掛著的燈→掛著的燈和寧靜
⑥心中充滿了哀慟→心火熬著一鍋哀慟
⑦與對手拔河→與永恆拔河（余光中）
⑧被車撞了一下→被美撞了一下（陳幸蕙）
⑩給他一把梯子→給夢一把梯子（白靈）

因此寫短短的詩並不難，只須將日常用語稍予「轉化」即是詩，常只是一、二字之別而已，又如下面常聽到的句子：

窗子打開
讓風進來（只是景）

若改一二字即是詩：

窗子打開
讓愛飄進來（景中含情）

同理可演繹出更多的詩句：

窗子打開／讓我的思念住進來
心靈打開／讓神住進來
窗子打開／月光一步跨了進來
心房打開／讓我的蝴蝶飄進來
窗子打開／雨意溢了進來
天空打開／陽光跌下來

甚至因不斷思索而得如下詩句：

推開窗子，伊歪一聲
碰得滿天星斗一陣亂晃

或是：

風過處，荷花抖擻
整個早晨浮在花香上

這幾句看起來好像是純寫景，但事實上是把心情隱藏到景的背後去，前兩句是「俏皮的」，後兩句是「愉悅的」。

以上所舉都偏於詩句的捕捉上，只是要說明創造好的詩句並不難，只要把日常事物稍加「裝飾」或「扭轉角度」而已，讓物物皆著我之色彩（觸景生情）、讓我之情志借外在事物予以「移情」（寓情於景），則隨處都可遇到詩。當然，詩句並不等於詩篇，須不斷地擴充、豐富所寫內容，並令結構完整才可，但基本原理是相同的。

4 意象的圖解

從以上討論我們可以考察到一些詩的基本觀念：

1.詩創作方式是一種「形象思維」，它不論主要想描寫的是主觀的情或客觀的景，都必須把景擺在外面，把情隱含在內層，它要帶給讀者的是具體的形象，而不是抽象的概念，但又缺一不可。也因此，詩要避免情緒化、概念化。

2.上述的景絕不是詩人一些偶然接觸的「印象」而已，印象是粗糙的、雜亂的，意象卻是經過篩選、精簡、秩序化的，印象是山的全面或側面，意象是山的稜線。

3.上述的景並非與情是截然分開的，而是雜揉了「事物的本質」（情、理，或概念）與事物的外在現象（景）為一個整體。但必須讓讀者可以用想像先看得到那個「景」，然後再去捕捉其本質，因此描寫時必須準確，否則「景」捕不住，「情」更不用說了。

4.**情理與人的本性、事物的原理有關，具有普遍性，不易變動太大，而事物是具體的外在現象，變動性很大，彼不易變的常是此易變的本質和主體。哲學家是討論不易變的，詩人藝術家則透過會變動的事物形象去捕捉不易變的事物的本質**。因此詩人藝術家代代翻新，哲學家易有斷層。

以上的解說也許可以再歸納成一個類似地球的內核與外殼的圖來看或許會更清楚些：

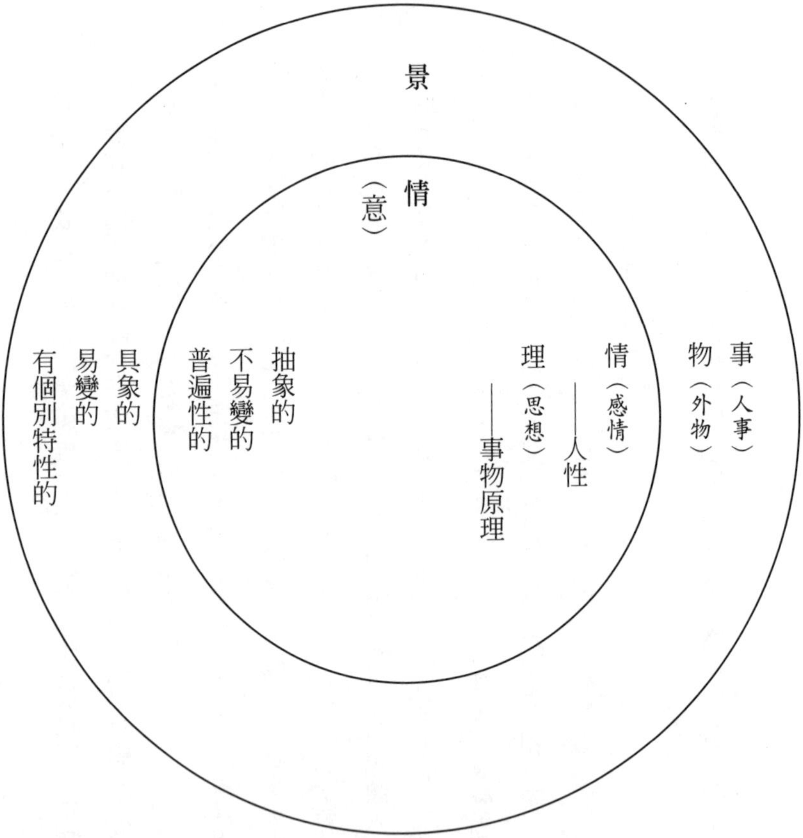

詩的形象思維圖：

①抽象的要用具象的表現

②不易變的要用易變的表現

③普遍性的概念或情緒要用有個別特性的事物形象去表現

④但以上均缺一不可斷未有無景之情或無情之景

5 觀意與尋象

我們現在再來看王弼的一段話就不會那麼「玄」了：

「夫象者，出意者也。……象生於意，故可尋象以觀意。……得意在忘象，故立象以盡意而象可忘也。」（《周易正義》明象篇）

「尋象以觀意」，就是前頭所說「靠外在事物的形象去捕捉事物內在的本質」，也因此在創作時就必須「讓你的思想（意）像薔薇（象）一樣清楚」（艾略特）。至於簡單創造意象的方法在第三節中已略加說明。

我們的想像是精神的器官或肌肉，要不斷運作才可能強壯，大多數人平常只耽於日常事物、思想感情間一些舊有關係，無法賦予新的、不同的觀照，因此無法有詩，若是能常常捶擊它、訓練它、鍛鍊它，則必然能日益活潑，但絕不是憑空構造，必須在平常中見出不尋常來，在具體中加入一點抽象，將抽象的情思轉移至其他具體的事物中，詩就在那裏。

6 意象如美女

自從新詩有了「意象」這兩個字以後，對某些人是一件非常好，對另一些人則是不怎麼好的事情。

對批評家或文學理論家而言，有了「意象」這個詞，好像找到了個「麗質天生」的「女兒」，可以幫她穿上很多衣服，冠上許許多多形容詞，因此是件「快樂」的事，天天忙著幫她打扮得「花枝招展」，像是：對比意象、類似意象、連結意象、自由意象、單純意象、複合意象、靜態意象、動態意象、感官意象，或是什麼心理的、視覺的、聽覺的、味覺的、嗅覺的、觸覺的、動作的、象徵的、裝飾的、沉潛的、牽強的、強調的、擴張的、補足的、主題的……意象等等，最多聽說可以多到兩百種分法，如此一來，便可以隨心摘擇，拿來解釋、分析很多詩，可以寫批評文章、文學原理之類的書，簡而言之，就是可當文學的搖錢樹或搖書樹。中國的批評家少有西方這種歸納演繹的本領，因此對意象的研究或新詩的批評仍然乏善可陳。「意象」是個美女，是把寶劍，願有心人能急起直追。

然而對多數開始寫詩的人而言，知道世上還有「意象」這兩個字，實在不是很妙的事情，少數人仍能文風不動，以不變應萬變，大半人都要趕快「惡補」一番，卻發現市面上並無專書，而且眾說紛紜，專有名詞一大堆，尚未登嶺一覽眾山小，卻早墜五里迷霧之中。事實上，慧根強者，「意象」一詞只是名詞而已，對其寫詩助益不大，只要轉益多師，細心讀詩即足，如前節所言，「意象」對他是個無用之物。然則對慧根較弱者，最好還是把「意象」的基本觀念弄清楚，才不會離「詩」太遠。那麼請細讀前述一至五節。

綜合上五節所言，「意」就是「情」，是「虛」的，「象」就是「景」，是「實」的，「意象」就是「情景」就是「虛實」，唯有「虛」跟「實」相互搭配，才有詩。簡言之，就是「虛」「實」要互補、「情」「景」要相濟、「意」「象」要兼備。較詳細的說法則如下表所示：

寫詩方法	意象說法	虛實說法	情景說法	示　例
寫景要加入一點情	寫「象」要加點「意」（象中有意）	寫「實的」要帶點「虛的」（以虛寫實，實中帶虛）	觸景生情	大象的鼻子正昂揚（實） 全世界都舉起了希望（虛）
寫情要用景來表現	寫「意」要用「象」呈現（意中有象）	寫「虛的」要借「實的」呈現（以實寫虛，虛中帶實）	借景喻情	我的靈魂啊（虛） 陰影裏的百合花（實）

這種說法與古典詩所說完全符合，如：

浮雲　（象、景、實）
遊子意　（意、情、虛）
落日　（象、景、實）
故人情　（意、情、虛）

至於亦虛亦實、情景交融，或借景反襯、以景截情……等手法則是更深一層的分析，在此暫略。

7 常語與奇語（*）

清劉熙載說：「常語易，奇語難，此詩之初關也；奇語易，常語難，此詩之重關也。」（藝概卷二）這是說：初寫詩，常語不如奇語；久之，則奇語不如常語，但此常語已非常語，而乃能妙得「深入淺出」之意。其實奇語都是從常語得來，只是常語不是盡「虛」就是盡「實」，要使常語變奇語，非得從「虛配實」、「實配虛」入手不可。比如底下這些盡「實」的常語：

a 這家是製造罐頭的工廠
b 帶著便當去上班

c 扭不緊的水龍頭／滴滴答答

d 撿破爛的老人背起籮筐／踽踽走出巷子

e 他在轉彎的地方等我

f 乘客到每一站都會下車

若試著加入一點「虛」的東西，將使之稍具詩味：

A 好萊塢是製造白日夢的工廠

B 帶著你的眼神去上班

C 扭不緊的時間／滴滴答答

D 撿破爛的老人背起夕陽／踽踽走出巷子

E 生命在轉彎的地方等我

F 幸福到每一站都會下車

然後再根據前述類似〈比喻的遊戲〉一文中推演的方式，將句子當一個公式一樣應用。

「虛」「實」此時就不管了，可得下圖（僅以a及A爲例）：

夢
夜
春天
牀
公寓
椅子
星星

是製造

詩
白日夢
憂鬱
黃昏
花朵
人生
懸疑
歲月
夢
靈感

的

工廠
搖籃
罐頭
聚寶盆
濃縮

若不拘形式地將之組合、刪改、引申，或可得如下的「意象」，它們將是「製造」一首詩的「起點」或「組件」：

1. 牀是夢的工廠（或加工廠）
2. 夜是製造懸疑的搖籃
3. 每幢公寓都是一瓶瓶夢的罐頭
4. 夢是憂鬱的易開罐

5.擺來擺去，媽媽的那把椅子／是歲月的搖籃
6.每朵薔薇／都是一個黃昏的濃縮
7.每顆星都是懸疑的小工廠
8.夢是詩的工廠
9.每首詩都是一個夢的濃縮

比如將7.繼續構思引申，先得下列很散文的三句：

每顆星都是一個小小的懸疑
整個宇宙都是問號
滿天發光

然後繼續構思，經兩三次之刪修，得如下的小詩：

懸疑

浮滿了問號，這宇宙
每顆星都勾著小小的懸疑

彼此遙望著，上下
左右，億萬種遙望
無際無邊，如何聯繫
這邊碎裂一羣，那邊
凝聚一星

滿天發問
千億個問號

或者不必這麼煩瑣，也可由前頭的A、B、C、D、E、F等直接引申而得小詩，如C的引申：

水龍頭

時間總是
扭不緊
滴滴，答，答
短暫凝聚的念珠

一顆顆
數落著　夜　心

像上述用常語的句型來演化奇語的方法，對初習者應該是很好的練句方法，平常多注意人家對話，會有很多收穫。

8　實語與虛語（*）

先有「實」的常語，再加入「虛」使成奇語，是比較容易些，如前舉的一些短例（a～f及A～F）。現再以一短詩說明在整首詩中虛實間相配的關係，如陳煌的〈煙灰缸〉：

原　詩（虛實相濟）	改　作（虛實未濟）
①與你對坐	與你對坐
②靜靜地，一再	靜靜地，一再
③容忍你的焦慮、憤怒	容忍你焦慮地抽煙、憤怒地
④和激動，任你	激動地，任你
⑤一口接一口，吐露	一口接一口，吐露

⑥滿胸積藏日久的情緒
⑦而後，容你將剩餘的火氣
⑧一舉按滅在我身上
⑨或者，你
⑩只是裝著適意地抽著煙
⑪昨日的惱意已成灰燼
⑫我猶與你對坐
⑬靜靜地，一再
⑭容忍你的無聊

滿胸積藏日久的廢氣
而後，容你將剩餘的煙蒂
一舉按滅在我身上
或者，你
只是裝著適意地抽著煙
昨日的煙屁股已成灰燼
我猶與你對坐
靜靜地，一再
容忍你無聊地抽著煙

我們如試將原詩改作爲原來可能的散文意象，即可輕易地發現，原詩的簡潔有力，改作後只淪爲一首擬人化的壞詩。二者不同的地方只是將：㈠下面⑥⑦⑪三行的「廢氣」、「煙蒂」、「煙屁股」虛化爲上面另一組帶情的名詞「情緒」、「火氣」和「惱意」。㈡下面③④⑭行的「焦慮地抽煙、憤怒地／激動地」、「無聊地抽著煙」這種概念化的副詞「變性」爲「你的焦慮、憤怒／和激動」、「你的無聊」等「名詞」，使由較「虛」的狀況獲得「實」化「穩定化」。

但先有「盡虛」的句子要獲得「實語」的相配並不容易，比如底下的虛語：

g 全世界都充滿了希望

沒人能夠永遠沮喪

h　春天來了，枝枒到處都有了綠意

i　綿綿的思念不知怎樣才得紓解

便很難單獨尋得「實」語的相配，除非使用比喻或其他「實」的事物並置，比如：

G　大象的鼻子正昂揚

全世界都舉起了希望

孔雀旋轉著金碧輝煌

沒有人能夠永遠沮喪（「快樂天堂」歌詞）

H　春天是烈性酒，所有碰過杯的枝椏

都爆出了綠芽（潘勝夫）

I　綿綿的思念，柔柔一團

青山上飄出的一朵白雲

這種「實配虛」的手法畢竟較前節「虛配實」來得難許多，而偏偏我們寫詩時都是心中有「一團情」等待抒發，冥冥茫茫懸在心中，不知如何才能落實，詩之開始甚難即由於此，詩之不易寫也由於此。因此若能擺脫一般思考文章的模式，由類似前節練句的方法開始，等到腦筋、想像靈活了，再倒回原模式，就容易許多。

9 虛實相對論

而「虛」與「實」間只是相對，並無絕對，最好不要硬加劃分。其實強弱、大小、揚抑、高低、空洞與實有、模糊與清晰之間都可以看作是虛實的對比，比如下舉數例可觀察出這樣的分境：

J ①陽光在溪流裏閃呀閃——景象模糊，不妨整句都當成「虛」，散文
②陽光在溪流裏划船——配「實」則景象清晰，詩

K ①一隻螞蟻在我的蛋糕上爬來爬去——模糊，整句當成「虛」
②一隻螞蟻在我的蛋糕上摩拳擦掌——清晰，配「實」

L ①等了多久／才有一個人走進窄窄的巷子——模糊
②等了多久／才有一顆落日坐進窄窄的巷口——清晰，配「實」

M ①帶著便當回家——太「實」

②帶著落日的眼神回家——配「虛」

其實嚴格地說，J、K、L三例所得的②只能說是「以實寫實」，即一景象以另一景象來增強、校正其原形象，使較爲清晰而已，因此較「以虛寫實」者乏更深的含義，值得注意。

10 散文虛實說

然而我們仍然以爲，散文句在一首詩中依舊有其必要，比如前舉陳煌的〈煙灰缸〉，第⑩句是散文，①、②、⑧、⑨、⑫、⑬也都是，它們在詩中扮演著過渡的角色，形象模糊不清，可以說是「虛」的，其他較詩意的詩句，如③、⑥、⑦、⑪、⑭則扮演較「實」的角色（形象清楚，或可說具有了美感），彼此呼應，乃構成一首詩。這與我們前面講的「虛實」雖有些不同，但並不衝突。比如前舉的G例，在這裏的說法就成了：

G ①大象的鼻子正昂揚——散文（虛）（注意：原來說是實的）
②全世界都舉起了希望——較詩（實）（注意：原來說是虛的）
③孔雀旋轉著金碧輝煌——較詩（實）（與原先同）
④沒有人能夠永遠沮喪——散文（虛）（與原先同）

如果改成了皆是散文則其詩意就淡化很多：

大象的鼻子正昂揚——散文（較實）
全世界都有了希望——散文（較虛）
孔雀展現牠美麗的羽屏——散文（較實）
沒有人能夠永遠沮喪——散文（較虛）

其詩意之降低，並不因數字之改動，而是「大象」與「希望」，「孔雀」與「沮喪」間的關係「太低」了，因此如未能使二、三兩句稍加詩化，其「關係」就「提」不起來，這與下例不同：

N ①我的靈魂啊——散文（較虛）
②陰影裏的百合花——散文（較實）

其詩意就很強，很可能是「大象」「孔雀」太「實」了，而「陰影裏的百合花」因「不確定」而能具美感，使與「靈魂」間似有相當關聯，如改成「陰影裏的玫瑰」就又不成了。

或許我們可以得到一個初步的結論：散文具有「虛」「實」兩種可能。在「散文句」（G①、④）與「詩句」（G②、③）間，散文是「虛」的，詩是「實」的（瘂弦也有此看法）。但在二

「散文句」（如N①、②）所形成的詩中，則寫景者爲「實」（N②），寫情者爲「虛」（N①）。二者之不同，不可不辨。因此虛實只宜當作相對來看，並無絕對性。

總之，「意象」與「虛實」的關聯值得繼續探討深究，希望初學者也能注意及之。

11 詩的虛實說

「意象」兩字是怎麼看怎麼漂亮的一個名詞，但卻是眩人耳目，容易攪亂初學者思維的「漂亮寶貝」，必須拆開來看，才不至於「暈眩」：意是意，象是象，分則散文，合則爲詩。前十節已作若干淺析，此處擬進一步說明。前面又說過，意即情，象即景，意象即情景，但情景二字畢竟過分俗爛，難符學詩者求新求奇口味，因此建議採用「虛實」二字，但三詞之應用闊仄有別，不可不解。

大致說來，意象、情景二詞對寫景詩句或某些比喻的解析上有其侷限，虛實一詞則較具彈性。三詞共同的場合如下舉三例均可分析：

A　水流……景、象、實
　　心不競……情、意、虛　}拆開不是詩，合起是詩

雲在……景、象、實
意俱遲……情、意、虛
（杜甫）
拆開不是詩，合起是詩

B 是誰傳下詩人這行業的……情、意、虛
黃昏裏掛起一盞燈……景、象、實
（鄭愁予）
分則散文，合則爲詩

C 我的靈魂啊……情、意、虛
陰影裏的百合花……景、象、實
分則散文，合則爲詩

但若是碰到如下的句子：

D 星垂平野闊／月湧大江流（杜甫）

E 大漠孤煙直／長河落日圓（王維）

F 你曾經在我畫布的天空裏放過風箏嗎（杜十三）

G 落日淡下去／如一方古印／低低蓋在／一幅佚名氏的畫上（余光中）

則D、E、F三者僅能模糊地說它們象中有意、景中含情，F則是一好的比喻，但均很難再進一步分析，而須將之置之上下文中去解析，看看這羣景句（也是警句）對全詩有何影響。這是意象、情景二詞的限制。若是「虛實」一詞則較不費力。上四例試解於下：

D：「平野」是平面，「星」是一點，「大江」是一線、一長的平面，「月」是一圓，凡是「平面」、「線」都可歸爲「大的」、「虛的」，而「點」或「圓」則是「小的」、「實的」，小大作比，實虛相對，常構成一立體，但此立體是讀者自我建立的想像空間，隨人而異，虛實不定，因此易有詩意。

E：「孤煙」是「大漠」之平面上垂直的一線，「落日」是「長河」這一長線上的一圓，小大作比，虛實相對，易形成想像中不確定的立體形象，故有詩意。

F：此句乃以「畫布」之小對「天空」之大，「天空」之大又對「風箏」之小，三者乃生錯綜關係，畫布是實的，天空是虛的，尤其是畫布中的天空，風箏應是實的，但既是虛中之實（對天空），卻又是實中之虛（對畫布），如此虛實不定，故生詩意。

G：在「意象」的說法中，此數句只能說它是個比喻，是牽扯到兩個截然不同事物之比較的「複合意象」，但若用虛實說，則「落日」是大的虛的，「古印」是小的實的，大小作比虛實相對，容易創造出「日落下」與「蓋古印」的形象和動作，讀者的想像出入其間，因人而異，虛實不定，乃生美感，故有詩意。

12 虛實二十法（＊＊）

根據筆者對諸多詩作的研析，可以歸結出一個寫詩最廣泛的方法，只有八字，不足爲奇，即：虛則實之，實則虛之。換成意象與情景說法，則是：意則象之，象則意之；情則景之，景則情之。但如前節所述，此二詞有其侷限，因此必須予以引申，則可說：小則大之，大則小之；此覺則彼覺之，彼覺則此覺之（視、聽、觸、味……覺等感官移位）；遠則近之，近則遠之；動則靜之，靜則動之；主動則被動之，被動則主動之；多則少之，少則多之；正則反之；反則正之；密則疏之，疏則密之；緩則急之，急則緩之；簡單則複雜之，複雜則簡單之；雜則序之，序則雜之；……所謂詩就介在上述這種種的虛實不定之中，或者也可說，當由經驗抽離而達到一適當的美感距離時，詩就站在那裏。茲就其中數項舉例說明如下：

寫詩可能途徑	非詩	詩	虛實說法
1.象則意之（景則情之）	士兵們在城牆上瞭望敵人	士兵們在城牆上瞭望外患（白靈）	「外患」是瞭望之意，士兵是實，外患是虛
2.意則象之（情則景之）	即使最艱難的地方仍站得屹立挺拔	直到高寒最處猶不肯結冰的一滴水（周夢蝶）	「不肯結冰」（實）爲「屹立挺拔」（虛）之象。

3. 小則大之	大學城裏啄木鳥叫得漫天響	一隻啄木鳥啄空了大學城（余光中）	啄木鳥（小，實） 大學城（大，虛）
	眾多紫色的牽牛花	好一團波濤洶湧大合唱的紫色（周夢蝶）	牽牛花（小，實） 波濤洶湧（大，虛）
	掃地擦黑板的值日生 不小心掃落一支粉筆 楞在那兒 等老師打手心	掃地擦黑板的值日生 不小心掃落一顆流星 楞在那兒 等老師打手心（張健）	粉筆（小，實） 流星（大，虛）
4. 大則小之	夕陽把它耀眼的光芒收起 落入西天去了	夕陽已收起它耀眼的金箭 插入了西天的雲囊（夏青）	夕陽（大，虛） 金箭、雲囊（小，實）
	地球在宇宙中 不過是一顆小行星	地球小如鴿卵 我輕輕地將它拾起 納入胸懷（周夢蝶）	地球（大，虛） 鴿卵（小，實）
	騎士不戴安全帽非常危險	騎士不戴安全帽 就像蝸牛不背殼（安全標語）	安全帽（大，虛） 蝸牛殼（小，實）
	有時候整個意大利 在尼古拉市場的清晨 爲一些小事而爭吵	有時候整個意大利 在尼古拉市場的清晨 為一罐青豆而爭吵（瘂弦）	整個意大利（大，虛） 一罐青豆（小，實）
	直到一縷炊煙，嫋嫋娜娜	直到一縷炊煙，嫋嫋娜娜	小縷炊煙（大，虛）

	緩緩升起	刀様升起（萬志爲）	刀樣（小，實）
5. 遠則近之	那地方在不遠的對岸 上了岸就是家	那地方好近／把岸拉過來／ 一腳踩上去／不就是老家嗎 （羅門）	對岸（遠，虛） 拉過來（近，實）
6. 近則遠之	你的眼光好冷漠 我們之間距離遙遠	連目光都有了寒意 像相距數萬光年，像長途跋涉…… （白靈）	目光（近，遠） 數萬光年（遠，虛）
7. 此覺則彼覺之 （感官移位）	漠漠天空裏有許多星星 閃閃爍爍	一桶桶的星／越過耳葉和鼓膜／傾倒在漠漠的天空裏／玎玲玎玲的 （葉維廉）	星，視覺的（遠，虛） 玎玲，聽覺的；傾倒，動作的（近，實）
	只有月光夜夜由背後照來 照在軍士的肩背上	只有月光夜夜由背後前來巡哨／一一拍醒軍士的鄉愁 （白靈）	月光，視覺的（模糊，虛） 拍醒，觸覺的（具體，實）
8. 靜則動之	建築物的層次逼使人們仰視／食物店的陳列刺激人們的胃壁	建築物的層次／托住人們的仰視／食物店的陳列／紋刻人們的胃壁 （羅門）	建築物、食物店（靜，虛） 托住、紋刻（動，實）
	月光照在玉蜀黍上	月光照在露齒而笑的玉蜀黍上 （瘂弦）	玉蜀黍（靜，虛） 露齒而笑（動，實）
9. 動則靜之	鈸聲中飛出一隻紅蜻蜓／	鈸聲中飛出一隻紅蜻蜓……	飛出紅蜻蜓

	全部眼睛注目而視	／靜止住／全部眼睛的狂嘯（洛夫）	（動，小，實） 靜止住、全部（靜，大，虛）
	我（指說書人）要想嘆氣而未嘆 他們都屏息等待著	我含著一口要嘆的氣 他們統統感到無法呼吸（羅智成）	一口氣要嘆（待動，小，實） 統統無法呼吸（靜，大，虛）
10.主動則被動之	一羣年輕人／帶著風，衝進來／向最亮的位置／跑過去	一羣年輕人，帶著風，衝進來／被最亮的位置／拉過去（羅門）	年輕人（主動而被動，實而虛） 位置（被動而主動，虛而實）
11.被動則主動之	每扇窗都站過許多人	每扇窗反芻它們嵌過的面貌（瘂弦）	窗（被動而主動，虛而實）
	只有最強最健的人 才有最黑最濃的影子	只有最黑最濃的影子 才能孕育最強最健的人（羅青）	面貌（主動而被動，實而虛） 影子（被動而主動，虛而實） 最健的人（主動而被動，實而虛）
12.多則少之	一攤血漬上	一滴血漬仍在掙扎	一滴血漬（少，實）

	許多蒼蠅吸吮著	在蒼蠅緊吸不放的嘴下（白荻）	一攤（多，虛）
13.少則多之	我的孤獨就好像／和幾個陌生人／露宿在雨泥濘的曠野	我的孤獨就好像／和十萬個陌生人／露宿在雨泥濘的曠野（羅智成）	幾個（仍是少數，實） 十萬個人（多，虛）
14.正則反之	這一羣她心愛的孩子	這一羣她心愛的罪魁禍首（向明）	孩子（正，實） 罪魁禍首（反，虛）
15.反則正之	蘇俄的坦克大砲 在那高原上耀武揚威	蘇俄的坦克大砲 在那高原上野餐（張建）	耀武揚威（反，虛） 野餐（正，實）
16.急敗緩之	一顆顆頭顱從沙包上 滾了下來	一顆顆頭顱從沙包上 走了下來（洛夫）	滾（急，實） 走（緩，慢動作，虛）
17.緩則急之	落日在我背後以火紅的無奈／將白晝緩緩壓入地下	落日在我背後以火紅的無奈 ／將白晝狠狠鎚入地下（方莘）	緩緩壓入（緩，大，慢動作，虛） 狠狠鎚入（急，小，實）
	一株水蓮慢慢張開花瓣	一株水蓮猛然張開千指（洛夫）	慢慢張開（緩，看不見的動作，虛） 猛然張開（急，看得見，實）
18.密則疏之	我們在舟上激戀，舟在湖	那是島上的山，山中的湖，	上文（密，實）

	上，湖在島上的山中	湖上的舟，以及舟上我們四片激戀的唇（許茂昌）	下文（疏，距離拉開，空間加大，虛）
19.雜則序之	樹林裏有一座小屋，在那裏可以聽到狗吠、孔雀叫，以及烏鴉的啼聲	小小樹林裏／一座小屋／寂然無動／惟遠遠／孔雀的鳴／更遠的／狗的吠和／以及／越過頭頂的／一行烏鴉的啼聲（羅斯洛斯）	上文（雜而無序，實）下文（有順序、距離，空間放大，虛）
20.全體則部分之	那個人說的話煽動了整個村落	一張嘴煽動了整個村落（許茂昌）	人（全體，大，虛）嘴（部分，小，實）

13 意象靠精思

根據以上的分析，可以得到小小的結論：

1.詩常非「事實」或「經驗原形」的直接呈現，而是經過「轉化」或「加工」，是一種「語言轉折的藝術」。這個說法不是詩，換個說法常就是詩。但必須注意的是，此項轉折不光是語言本身，而常是詩人想法的轉折，其可能途徑已如上所述，一首詩通常不只用一種而是使多種想法並駕齊驅，造成多樣性和多義性。

2.虛實只是一種相對的說法，並無絕對性，你也可說原來的是虛的（如13.），後來的才是實的，反之亦無不可。因此不妨將之視爲「遊戲規則」，筆者的規則是：凡是縮小（距離、時間、空間）的、變少的、變快的、主動的，都視之爲「實」，凡是放大（距離、時間、空間）的、變多的、放慢的，都視之爲「虛」。

3.然而「虛實說」中有一項不變的規則，即當其與「意象說」、「情景說」重疊時。意即情即虛，象即景即實，分則散文，合則爲詩，密時在一行間即可看出，疏時在行與行甚至整首詩間才易分辨其虛實。

總之，詩絕非經驗本體，而是自本體出發，將之虛化實化，出入想像與經驗間、出入大自然與人本身經驗間，將本體放大或縮小、將之鎚扁或拉開，又重新塑造的一個虛實不定的新玩意兒。姜夔在〈白石道人詩說〉中說：「人所易言，我寡言之，人所難言，我易言之，自不俗。」此處之「易言」當指我們原來的經驗本身或世俗的看法，「難言」則指詩並非唾手可得，而必須透過一番轉折或一場虛化實化。詩要不俗，當從此處入手。姜夔又說：「詩之不工，只是不精思耳。」「虛實二十法」所獻曝的，即是此精思的可能途徑，至於如何演發，還在個人努力了。

14 靈感的遊戲

意象的創造是初學寫詩者最重要的一件工作。但最好不要視之爲工作，最好將它當作遊戲。當然，它是一件既簡單又困難、既嚴肅又好玩的遊戲。而遊戲最重要的一條規則是：勇於嘗試。而嘗試的開端一如初學跳舞，最好從模仿開始，但不要只學一種舞步，最好什麼舞都學，才不至於「妨礙」了興趣，所謂「轉益多師爲我師」，其實就是怕半途而廢（應該說怕嚇到了）。當然開頭也許跳得礙手礙腳、左右不分、枝葉纏到鬚根，然而浸淫日久，自然漸有領略，終會觸類旁通。曾有人說：「沒有一樣東西比你只擁有一個靈感更危險」（哲學家艾密利・查提耳語），意思大概是說，如果你只有一招半式，那個靈感最後也會變成一面牆壁。因此想要找到好靈感，就要設法弄到很多靈感。若換成意象說法，則是：要想找到好意象，就要想盡法子弄到很多意象。換成詩句說法：要想找到好詩句，就要費番腦筋揪出很多詩句。再換成表現說，則是：要想有好表現，就得使出渾身解數，盡量表現。

一般人尋找意象的方式多是從「感覺」出發，即當突有所感時，才坐下來尋思尋字，這種表現方式是由內而外的，亦即「感覺」是他最重要的「初級材料」，如果沒有此開端，就會覺得離詩很遠、題材缺乏、靈感偏枯。其實如果能善用技巧，配合想像，把名家上好的詩句拿來當「初級材料」，模仿亦可，捶扁撕裂敲擊也無妨，隨後再將之丟入熔爐中加以火化錘煉，重新鍛造爲自我的意象，比如庾信的詩句「山花欲火燃」，杜甫將之重煉爲「山青花欲燃」，僅一字不同，而其意改觀，正是習詩者最佳榜樣。所謂「換骨法」「脫胎法」（宋黃庭堅）正是初習詩者較易切入的詩法，也是前面所說既嚴肅又好玩的「遊戲」。本文將以此爲重點。

15 意象的分類

前面數節均將「意象」二字拆開來看，說它們合起來是夫妻，是一體，分開來是半人，那是探究到「詩的本質」時所作的分解動作，即詩＝意＋象＝虛＋實。此處不再贅述。但是當我們在評頭論足一首詩時，常會說這幾句詩「意象模糊」、「意象精準」等語，這兩個字則又陷入不清不楚，此時其實「意象」二字與「表現」一詞也沒有太大差別。此處爲了談到意象的創造，不得不再把兩個字合成「模糊之詞」。底下先談一談它的分類。

關於意象的分類有許多不同說法，僅將之綜合列表簡述：

意象分類	表現方式	以AB說明	古詩說法	特點	手法
單純意象	意象	A之直接表現		僅喚起感官知覺、引	博引事實，定向發展，應用修辭學之

	之直接傳達	（原意象）	賦	起心象，但不牽涉另一事物	放大法（婉轉、反覆、錯綜、並排、對照、層遞）及縮小法（詞品變化——即轉品、倒裝）等以增加變化
複合意象	意象之間接傳達	A以B間接表現（衍生意象）	比	牽涉AB兩事物之並列（明、隱、略喻）或比較（比擬）、替換（換喻）及轉移（感官移位）	多用比喻，善用AB二物之相似點（通性）或等值關係
象徵意象（簡稱「象徵」）	意象之繼起的傳達	脫離A，用B去直接表現（衍生意象當作原意象）	興	以具體之「象」去表「徵」較高層次的精神經驗或理念世界	取具體事物（如十字架、老鷹、蓮花、火把……）來普遍性地表達人類或個人的精神理念

此三種意象的表現手法都屬於修辭學範圍，在一般修辭學的書籍中均可找到相當多的例證，此處不擬多費筆墨。本節的重點是要說明「如何」將此等手法用之於寫詩上。而一般修辭學書籍只是將之分門別類，方便讀者檢索一些「專門名詞」而已。

而由前表及第一篇〈比喻的遊戲〉第一節所作說明可知，「賦比興」三種手法以「比」最爲容易，「興」較「比」更進一層，此處暫略。而「賦」較「比」也難很多，清劉熙載說：「賦兼才學……才弱者往往能爲詩，不能爲賦」，新詩如不作長篇應不致如此，但因不用比喻，容易言之無物、流於情緒化。劉氏又說：「賦從貝，欲其言有物也；從武，欲其言有序也。」「有物」就是要能引據事實，「有序」就是要能「定向疊景」地去發展，亦即能將「事實」去蕪存菁，使不致散漫。比如上文曾舉羅斯洛斯的小詩（葉維廉譯）：

小小樹林裏
一所小屋
寂然無動，惟遠遠
孔雀的鳴，更遠的
狗的吠和
以及
越過頭頂的
一行烏鴉的啼聲
丫——丫——丫——

其景物的秩序感絕非目視所得（末行爲筆者所加），而是經過「心靈的排列組合」。其效果離馬致遠的〈天淨沙〉效果當然差甚，但仍不失創意。

最容易的表現手法還是「比」，即複合意象，〈比喻的遊戲〉一文中也玩過一些「遊戲」，底下先列一細表，表後再說明「比」這種「複合意象」的手法於本文中將如何加以應用。

複合意象之修辭分類	細類	特點	舉例	說明
譬喻（廣義的隱喻）	明喻	喻旨＋繫詞＋喻依（繫詞：像、若、彷彿、比如、如、猶、似……）	迷你裙短得像一朵火花／一閃，整條街便燒了起來（羅門）	迷你裙（喻旨）像（繫詞）火花（喻依）
	隱喻	喻旨＋繫詞＋喻依（繫詞：是、乃、爲、非爲、不是……）	枝仔冰是一支支的溫度計／在小孩們的口手量著夏日的體溫（白靈）	枝仔冰（喻旨）是（繫詞）溫度計（喻依）
	略喻	喻旨＋喻依（沒有繫詞）	整個太平洋洶湧的波浪／一萬匹飄著白鬣的藍馬（余光中）	前一句（喻旨）後一句（喻依）
	借喻	喻依（省略喻旨及繫詞）	只有翅翼／而無身軀的鳥／在哭和笑之間／不斷飛翔（商禽）	眉（喻旨，未寫出）鳥（喻依）
	換喻（狹義的）	爲描寫的事物換一個名字	撒了滿天的珍珠（楊喚）	以珍珠代星星
	提喻	以部分代表全體，以小喻大，以偏概全	一張嘴煽動了整個村落（許茂昌）	一張嘴（部分）代替那個人（全體）

借代（廣義的換喻）	變位形容詞	形容一事物之形容詞轉而形容另一事物	慵悃的紅點；年輕的綠；成熟的慵懶 （鄭愁予）	形容詞本爲形容人，轉而形容其他詞彙
	感官移位	將五官意象錯綜移位，如視→聽，味→觸等。	一桶桶的星／越過耳葉和鼓膜／傾倒在漠漠的天空裏／玎玲玎玲的 （葉維廉）	視覺（星星）改爲動作（越過、傾倒）及聽覺（玎玲）
轉化（比擬）	擬人	以物擬人（或以人擬人）	老花鏡片剛一扶正 所有的鉛字竟都齊聲吼了起來 （向明）	鉛字（物）吼了起來（擬人）
	擬物	以人擬物（或以物擬物）	滑落於你眸子之深淵 迷失你髮茨之莽林 （胡品清）	深淵、莽林均爲擬物

上述的分類並非定論，有的把略喻借喻均歸入隱喻，有的把提喻及變位形容詞均歸入換喻，把感官移位歸爲轉化，有的則把借代再細分七、八類。其實這些細目怎麼「瓜分」都無所謂，只要我們清楚它們之間尚有些差別即可，當然，有時也會重疊。

既然「比」（複合意象）都是至少以兩件事物來產生「互動」，則必須了解它們二者「轉動」的可能有多大，比如：

我的靈魂啊

陰影裏的百合花

我們知道是以「靈魂」與「百合花」互比，則比較其關係可能有：

①靈魂像一朵百合花（明喻）
②靈魂是一朵百合花（隱喻）
③靈魂，一朵百合花（略喻）
④一朵絕代的百合花（可能比喻靈魂，是借喻）
⑤一朵憂鬱的百合花（既然在陰影裏，有可能憂鬱。變位形容詞也勉強可說是擬人）
⑥靈魂的百合花（擬物）
⑦百合花的靈魂（擬人）
⑧陰影裏一朵搖曳的憂傷（憂傷代百合花，換喻）

由以上各點出發，有可能「模擬」出許多詩句，甚至一首詩。當然，也許會逃不出原作者的掌握。

16 詩的換骨法（*）

第十四節所說宋朝黃庭堅的「換骨法」和「脫胎法」，其實都源自模擬，尤其是模擬名句（如果是模擬自名不見經傳的作者則大概要算不道德？）其中「換骨法」是「不易其意而造其語」，即使用不同詞句模仿相似意境，可稱「舊酒裝新瓶」，「脫胎法」則是「規模其意而形容之」，即以其初意爲起點而加以擴大發揮，可叫「新酒裝舊瓶」（劉若愚語）。試舉前節之例「我的靈魂啊（喻旨），陰影裏的百合花（喻依）」及其引申（見上一段，所列之「轉動」手法，可應用至其他名句），試作詩句實驗之：

①我的靈魂啊
彷彿陰影裏的百合花
（「彷彿」繫詞，明喻）

②我的靈魂啊
是陰影的百合花
（「是」繫詞，隱喻）

③我的靈魂啊
　陰影裏的百合花
　　（不用繫詞，略喻，原作）

④羣山均相形失色，一朵花
植我胸中，一朵絕代的百合
　（「花」「百合」爲喻依，喻旨未列，可能指靈魂，借喻）

⑤有光它就消失
有陰影它才存在
脆弱而神奇，那小百合花
　（「百合」喻依，喻旨未寫出，借喻）

⑥白而高雅，陰影中搖曳
一朵看得見的魂靈
　（「魂靈」代「百合」，換喻）

⑦陰影之中，無法捕捉
一朵搖曳的白
　（以百合之性質「白」代「百合」，部分代全體，提喻）

⑧憂鬱的白，好看的清香
陰影中那朵百合花
（以「憂鬱的」形容「白」，以「好看的」形容「清香」，均為
變位形容詞）

⑨從清香的花粉中
聞出你的憂傷
（以「聞出」之嗅覺代「看到」之視覺，感官移位）

⑩陰影裏的百合花
一朵白而憂鬱的小魂靈
（以「百合」之物擬「魂靈」之人，擬人）

⑪白而憂傷，坐在諸陰影之中
我靈魂的小百合啊
（以「我靈魂」之人擬「小百合」之物，擬物）

從上舉十一例可以看出，所作詩句實驗多屬於「不易其意（憂傷而高雅的靈魂應是其本意）而造其語」的「換骨法」。除①、②不如原句③外，多少均有點不同。此時所謂「複合意象」的

各種修辭分類更成爲自我追求想像、捕捉語言的「標竿」，只要試圖朝其細類之基本範圍（見前表）去想，把「原作」裝入其中「轉動」，自然會有一點新發現。底下再根據上舉十一例之可整合者加以整合，則得一小詩，抄錄於下供讀者參考：

靈感

有光它就消失
有陰影它才存在
陽光始終摸不著它
脆弱而神奇，那小百合花
無法捕捉的白
小小煙雲一樣收攏
才轉肩，又於眼前亮相
推開你，僅僅數寸之外
驚住你的呼吸
立在淡淡灰影之中

一朵憂鬱的白
好看的一株清香
自顧自
緩緩搖曳……

此詩至少用了前舉⑤⑦⑨等的例句，可見得一首詩經常是許多手法的綜合運用，此點不可不察。

17 詩的脫胎法（*）

本節介紹「脫胎法」與「複合意象」結合使用的方法。先舉鄭愁予的名句以便說明：

是誰傳下詩人這行業的
黃昏裏掛起一盞燈

這兩句的意思也許是「詩人是專門在黃昏裏掛燈的行業」，也就是為即將來臨的黑夜作預警，並為人類準備指引燈，或溫暖人們心靈的歇息處所。因此其演變若是根據前述「複合意像」的各種手法，可能可「轉動」為下列句子：

①詩人這行業，彷彿是
　黃昏裏掛起的一盞燈（明喻）
②詩人這行業，是黃昏裏
　掛起一盞燈（隱喻）
③詩人是燈（或一盞燈）
　掛在黃昏裏（隱喻）
④詩人這行業
　黃昏裏掛起一盞燈（略喻）
⑤詩人這行業是誰傳下的
　黃昏裏掛起一盞燈（設問＋略喻，第二句省略「就好像是」）
⑥是誰傳下詩人這行業的
　黃昏裏掛起一盞燈（設問＋略喻，前一句自問，後一句自答）

結果仍然以鄭愁予的原句⑥最佳，因此當我們創作比喻時（非模擬），欲自問是否句型已表達完美，不妨採用上述「轉動」句子的方法，這是使用前述修辭學手法最重要的觀念。

鄭愁予這兩句詩的喻旨是「詩人這行業」或「詩人」，喻依是「黃昏裏一盞燈」，但是將之使用「借代」或「轉化」時發現「詩人」與「燈」之間的關係似乎很難直接引申，亦即這二物的關聯似乎比前節之「靈魂」與「百合」二物的關係來得稍微淡薄，除了寫成「詩人的燈」（擬物），「燈的詩人」（擬人）意義就較爲模糊，這也許是「靈魂」比「詩人」來得有詩意些吧。也因而要像前節「靈魂與百合」一樣，不斷引用「詩人」與「燈」於實驗句中，似乎很難，因此只能借重「黃昏裏掛起一盞燈」及「詩人的性格」（而非「詩人」二字）間的關係去揣摩新意，這也就是「脫胎法」比「換骨法」來得費勁的原因。底下是「規模其意」（而無法「不易其意」）所得實驗例句：

⑦酒旗遭風撕毀
黃昏被黑暗收押
還有我的燈懸著
統領這荒野
永不落日

（此數句是由「堅持的燈」出發而意象之，但喻旨未寫出，「我的燈永不落日」是喻依，用「永不落日」比喻「堅持」，借喻）

⑧自城市上空向下望
黑夜中一凹凹光的窟窿
（以「一凹凹光的窟窿」代「一家家的燈火」，換喻）

⑨雖只是小小一盞
讓黑暗永遠有個光亮的窟窿
（以「小小一盞」代「一盞燈」，提喻）

⑩黑夜的丹田上燃著
一把亢奮的火
（以「亢奮的」形容火，變位形容詞。「黑夜的丹田」則爲以物擬物）

⑪黑暗終於捏熄了那盞燈
（視覺的改爲動作的，感官移位）

⑫黑暗終於舔盡了桌上那根
熱熔熔的紅蠟燭
（視覺的改爲動作的，感官移位）

⑬辛苦地懸著

一盞燈堅持於黃昏
（擬人化）

⑭黃昏時，天空焚為一座
燦爛的廢墟
落日自高處倒塌
這是天國最後的一盞燈了
（以「黃昏的天空」擬爲「廢墟」，以「落日」擬爲「一盞燈」，均爲以物擬物）

若是再將上述的例句可整合者整合之，又可得到一小詩，也抄錄於下，題目一訂又與原作之本意相當貼近（如用其他題目則會與原作〈詩人〉本意很遠），可說既「換骨」又「脫胎」：

詩人

黃昏時，天空焚為一座
燦爛的廢墟

落日自高處倒塌
這是天國最後的一盞燈了
酒旗遭風撕毀
黑暗收押了周圍的一切
然而還有我的燈懸著呢
堅持統領這荒野
雖是小小一盞
就是要讓黑暗有一凹
永遠的
光的窟窿

18 想像健身器

由末幾節我們可得出小小結論：

1. 修辭學上許多技巧對一般人而言總覺得「隔靴搔癢」，很難獲致實用，此數小節提出以傳統「模擬名句」之「換骨」、「脫胎」二法與「複合意象手法」結合的方法，顯然可使修辭技巧獲致實際發揮。因此對修辭學一些繁瑣討厭的名詞之定義和使用範圍仍須加以注意。

2. 「模擬」只是鍛鍊想像的方法，上述修辭技巧的運用方法，就是筆者思索良久終於拼裝出來的一種「想像的健身器」，它可以讓我們模擬運動場上各種鍛鍊體力的方法一樣，不斷鍛鍊我們的想像，而且可使各部分「想像的肌肉」得到充分的磨鍊，非常值得初習詩者加以注意。

3. 「轉益多師爲我師」其實也可以說「轉益多種技巧爲我的技巧」，當在健身器上模擬至某一程度時，應該試著跑到運動場去，抓取自己創作的想像和靈感，那時雖然狀況很多，但至少還不至於手腳無力、膽戰心驚了。

尋意與尋字

1 情思的煙火

生活如水，語言如網，語言可以言說的人生極爲有限，我們的情感思想或接觸過的事物，能夠借助語言予以表現的部分或「部位」也貧乏得可憐。然而人類若缺乏了語言文字，將使得我們的情思無以啓動、活動，乃至交流傳遞。語言對各民族而言，都是特殊的、範圍窄小的、字辭有限的；情感思想卻不然，它的活動性是世界皆然的、普遍類似的、範圍可以延展至無限。以特殊欲代普遍，以有限欲握無限，以小部分要暗示全體，其結果當然是——痛苦。於是「不可言說」乃成了許多人消極地遁脫語言之網的借辭。

詩則不然，它是積極的語言策略。將日常用語提煉提純或重新包裝，打扮得短小精悍、鍍金鍍鋼的，針刺一般，一而再、再而三地刺向人類情思的核心，企圖串住它們的某一部位，並加以固定。待讀者重新拾起，這些語言的針刺便會自發地衝向他們想像的天空，爆發出一叢叢情思的煙火，照耀讀者謎團樣的心靈，以與之取得共鳴。但人性貪得無厭，讀者的口味亦然，他們不希望世界上有兩首詩的「身段」是相似的，詩人們只好費盡心機、不斷地「修正」或「修理」他們的語言策略了。

2 詩的策略說

其實寫詩不光是一種語言的策略，也是情思的策略。前者是文字選擇，後者是內容選擇。它探索語言，也探索人類的經驗，此經驗包含我們所提過的情理事物四方面。情思易寫難工，事物易工難寫，然而不論寫的是那一種，整個寫詩的過程，都是和語言（文字選擇）、意義（內容選擇）難耐的搏鬥，也就是尋字與尋意交互糾纏不清的過程。

尋字與尋意看似「糾纏」，其實也可以拉開來分看。大抵寫詩初期，對語言此一媒介都情有獨鍾、任意把玩、難分難捨，此時寫詩，詩句的孕育和發展即是情思的孕育和發展，兩者隨時相互調整焦距焦點，有時互抵有時互補，詩未完成時，無法預測這首詩會是什麼面貌，「一句數日得」是這時期寫詩的特點，追逐的是奇語，要擺脫的是常語。整體而言，此時期情思與語言糾葛交纏，以尋字爲主，偏於語言策略，故宜寫小詩。寫詩中期，基本技巧的掌握漸趨平穩，稍有餘力，乃轉而投注詩意之深淺寬廣，對語言的糾纏遂感不耐，亟欲掌握的是事物本質，眼光逐次拔高，俯瞰仰觀皆宜，籠罩的層次漸高範圍趨廣，此時多從謀篇著手，常以妙觀逸想、幽浮不定的情思去捕捉所寫，靈感所注非在字句而在尋意，一旦捉住一篇之樞紐，則提筆即成，數百言不足爲奇，此時期可說偏於情思策略。

當然寫詩過程也非盡如此，有人終生尋字，有人尋意。尋字容易尋意難，多數人寫詩常跳過尋字，直接尋意，結果意不新、情思平凡，始於失意，終於哀傷，始於汗水，終於淚水。然而語言如網，是那種蠶絲織得細綿綿的網，進入容易出來難，乍看魚網，細瞧金蛹，因此尋字也非多麼容易，一句不破，二句不出，枯坐冥想，焦灼終日。果然如此者，則宜由「比喻的遊戲」開始。

上述策略之不同，或可由左列簡表見出：

寫詩的策略

語言策略	尋字（尋言）	點線或平面的思考方式（由謀句著手）	語言與經驗同時進行，同時完成（易與語言糾纏不清）	寫詩初關宜寫小詩	常語易奇語難
情思策略	尋意（尋思）	立體鳥瞰的思考方式（由謀篇著手）	先握一篇之樞紐，再以語言塡補（較易籠罩全篇）	寫詩重關可寫中長詩	奇語易常語難

其實，同一時期處理不同的題材，也有可能採取不同策略。且此二策略在處理題材的當刻也非盡可劃分，有時只是比例稍有偏倚而已。

3 動詞的地位（*）

尋字也可以說是語言的創新，也唯有創新才能引起讀者眼睛一亮，進而激發他們的情緒。比喻常能達到這種功能，其創新方法在前幾文中已作過多種嘗試。此處僅擬討論討論它形成的基本原理。且以鄭愁予的詩句說明：

①基隆河像把聲音的鎖
陽光的金鑰匙不停地撥弄

此二句寫基隆河上陽光閃爍的動態。讀者目光如果只停留在第一句，會覺得頗不妥當，但隨即在第二句獲得補償性的說明，結果也算令人滿意。「用鑰匙撥弄鎖的動態」與「陽光在河上閃爍的動態」頗爲類似，而且鎖的銅金色與陽光的金黃也類似，但「金鎖」與「光河」二者本身可描述的屬性或現象並不止於「撥弄」和「金」二者，然而又顯然以此兩種屬性最相近。作者是經過與其他事物（比如說金蟒蛇、碎琉璃）互相比較才選擇的。然後用「聲音」二字預期「撥弄」，用

「金」字強調陽光，使彼此語法的整合沒有太多漏洞，才達到好比喻的完成。這種選擇二者物性的對等（此處即屬性的相近），然後加以結合成句的說法，即雅克愼（Roman Jakobson）著名的詩歌學說。

另外必須注意，上述詩句中只有動詞「撥弄」二字沒有改變它的語意，而名詞「鎖」的物性範圍則放大，名詞「陽光」的物性範圍則縮小。根據梅祖麟與高友工的說法，這是因爲詩歌中「名詞較具彈性，可以改變其語義範疇，而動詞卻不能」「動詞（或形容詞）語意較爲穩定，常能發揮維繫名詞與名詞之間語義關係的功能」（見〈唐詩的語意研究〉一文）。亦即上述詩句中「撥弄」這動詞，是較安定的辭彙，「鎮壓」了「鎖」與「陽光」，使二完全不相類的事物，可以併合在一起，同時獲得穩定，再如鄭氏另二詩句：

②帳棚如空懸的鼓
　鼾聲輕輕摸響它

動詞「摸響」於此也扮演著舉足輕重的地位，因其「安定性」，而使得「鼓聲」與「鼾聲」本來差異甚大的二事有可能互比。

③海，同任何東西一般蠢

如那北極熊，神氣不住地左右點頭
它絕不會安靜下來　（英・馬可泰卜來）

海與北極熊在屬性上雖然都是龐然大物，但畢竟無法對比，因此也只好以「左右點頭」、「不會安靜下來」來穩定「海」與「北極熊」兩個名詞。

④趁月忙於圓缺
竹叢彎腰傾聽河水哽咽（黃麗芳）

「彎腰」、「傾聽」、「哽咽」等人性化的詞彙在此都頗爲穩定，名詞「竹叢」只好改變其語意範疇「前往順應」，不可能均成可能。

形容詞也有類似動詞的功能，足以擴大名詞的「視野」，而自身卻沒有太大改變，比如：

沉重的黃昏
年輕的河流
癡肥的夢
慷慨的煙

幽怨的庭院
昏沉沉的腳步聲

所有的名詞都因而擴充、改變它的涵義。即使形容詞加在形容詞之上也有相似的功用：

金閃閃的美
成熟的慵懶
慵悃的紅
遼闊的靜默
膩膩的軟

其語意似乎比形容詞加名詞更具彈性、更不確定。而虛實不定經常是詩歌成形的紐帶。

4 尋意的分寸

尋字時容易只停留在所寫對象本身上面（如前舉數例），而且斤斤計算語言的精美、比喻的恰當。最好的狀況是既尋意又尋字，或先尋意再尋字，二者又各有分寸，不會附體索纏。

尋意要注意的常是所寫對象的本質（或事物的原理）或原有蘊含。比如：

⑤有命運垂在頸間的駱駝

「命運」是高度抽象的字眼，其涵蓋的定義極廣，而且較不確定，將此不確定的加在彼確定且較具象的「駱駝」上，乃能呈現駱駝爲何懸掛駝鈴的本質。這是作者觀察了解駱駝後的體認，尋意即須有此洞察。又如鄭愁予的〈水手刀〉：

⑥一把古老的水手刀
被離別磨亮
被用於寂寞，被用於歡樂
被用於航向一切逆風的
桅篷與繩索……

「離別」、「寂寞」、「歡樂」都是水手的原有面貌，「水手刀」是他隨帶之物，將此確定的「刀」抽離實用本身，點出其背後隱含的意義，詩才能獲得共鳴。以此段與另外幾首寫水手的詩片段作比較：

⑦與寂寞談天，與海浪調情。水手，煙斗是孃娜的情婦，你們憑欄消磨了整個良宵。

（靜銘〈航程〉）

⑧他怕見月兒眨眼
　海兒掀浪
引他看水天接處的故鄉
但他卻想到了
石榴花開得鮮明的井旁
那人兒正架竹子
曬她的青布衣裳

（劉延陵〈水手〉）

⑨擠一滴淚水
郵寄給遠方的伊人？
笑話　笑話
海這好鹹的一大滴
澆入眼中這感傷的一小滴
唉！到底濃了多少？
濃了多少……

（杜榮深〈水手們的中秋〉）

⑦是寫水手的寂寞和浪漫，⑧⑨是寫水手的鄉愁。很顯然以尋字功夫而言，⑦是成功的，但尋意極爲普通。⑧及⑨的尋字功夫均不佳，⑧前四句過度散文化，使得顏色鮮明（雖然還是散文）的後三句顯現不出特色。⑨則讀完只是一堆自怨自艾的感覺，在於情緒過度顯露，尤其第一句的「擠」字過分矯作，又沒有借具體的事物讓情緒固定下來。⑧⑨之尋意其實均比⑦要來得好些，但尋字不好，乃至失敗，其實若加以剪裁轉化，效果及深度應該會比⑦踏實得多。若以⑥⑦⑧⑨相比，似乎仍以⑥最佳，因爲他寫的非水手本身，卻處處寫的是水手的情緒變化，尋字又極佳，故能冷靜純美。

尋意其實又可在事物本身之外賦予更深的涵義，其意乃深。比如洛夫〈形而上的遊戲〉，寫的是骰子，實用意義非常顯著，洛夫卻跳脫小市民的賭博本意，賦予形而上的玄思，與個人投注於宇宙的漩渦（這一點物性與擲骰子的「動作」相類）互比，本來在眼下的小投機，乃成爲在眼上、眼外的大對決，其喻義乃能無限地擴張。此時尚未下筆，詩已成功大半。其餘如余光中的〈唐馬〉、〈白玉苦瓜〉、〈水晶牢〉，向明的〈巍峨〉、〈吊籃植物〉，羅青的〈吃西瓜的方法〉、〈不明飛行物〉等均大致如此。因此如何在日常事物中見出其不尋常，或經妙觀逸想一番，而使其「不尋常化」，乃成了尋意重要的目標。

5 詩的存在性

尋字不易，尋意更難，然而若有新意，尋字其實不難，將語言當作遊戲則不難。尋意也非太難，常常從日常事物的實用觀點上跳出，即有新發現。若既不尋字又不尋意，則新詩留它在世上作甚？

6 想像的黑箱

詩之不同於一般語言，是因爲必須經過「尋」字或「尋」意的過程。它不能把經驗直接呈現出來，而必須經過一番想像或轉折。此想像或轉折的努力程度越高，就越有可能成爲一首好詩，反之，如果此努力程度越低，讀者將很難想像那會是什麼好詩。我們前面說過，詩歌創作最重要的原理或途徑只有八字：虛則實之，實則虛之（見〈意象的虛實〉一文），白話一點就是，明明要寫這個，偏偏用另外的方式寫它，有點「聲東則擊西」之意。因此寫詩是一種文字的迂迴政策，它要達到的目標不以直線而須以曲線達到，如下圖中的①不太可能是詩，因太容易通過，②可能是詩，因其難度適當，③則迂迴過度，可能是一首晦澀的詩。

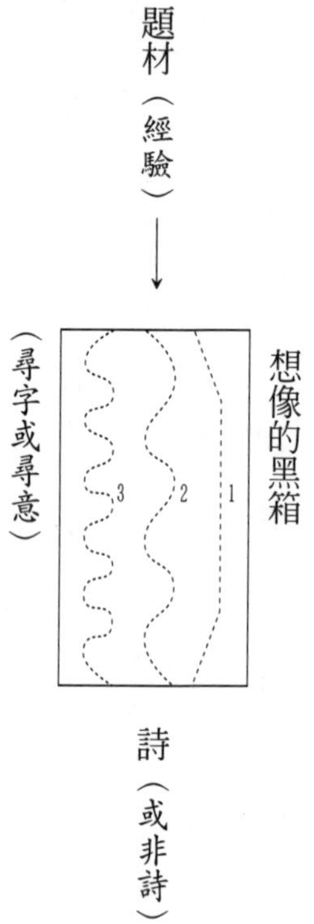

7 「尋」上分高下（*）

尋字與尋意之間的差異，可以陳寧貴的兩首詩作個比較。尋字的詩通常只是把散文的語言經過一番修飾，常用的是比擬的手法，比如他的這首〈迷惘〉，寫的是都市中常見的現象：

原詩	非詩
一場火 搬走了那條街上的 違章建築，那麼嚴重的 氣喘病，頓	一場火 燒光了那條街上的 違章建築，那麼嚴重的 妨害市容的地方，頓

時呼吸順暢起來
幾天後，一羣面容肅殺的
現代機械人來了
一揮手一投足
把不平的土地擺平
又幾天後
土地上長出一排排
冰冷的鋼筋水泥
彷彿一顆顆貪妄的牙齒
茫茫然，仰首咀嚼著
一言不發的天空

時看得順眼起來
幾天後，一羣重噸位的
現代怪手來了
一挖一鏟
把不平的土地壓平
又幾天後
土地上長出一排排
冰冷的鋼筋水泥
一列一列
茫茫然，仰首向著
空無一物的天空

此詩經改作成「非詩」後，其原意與原詩並無太大差異，只是讀者在讀「非詩」時其想像需要努力的程度大爲降低，詩味也就蕩然無存了。比如首段前兩行即是很好的例子，「搬走了」與「燒光了」是同一意思，但「搬走了」是一新的說法，讀者稍一想像，覺得並無不可，而且頗爲有趣，正是一新的文字迂迴，詩意乃現。其餘二、三段將怪手或挖土機擬人化，將新建房子形容爲一顆顆牙齒，也均略有新意，整首詩才不至於鬆垮。此詩顯然寫的只是一現象，偏向於語言而非情思的尋索，讀者讀到的也只是一普通經驗的略加迂迴而已。

作者的另一首詩〈大鵬之歌〉則顯然較偏向於情思的尋索，讀者讀到的並非普通的經驗，而是作者借助大鵬來表達自己不畏險惡艱難的理想：

因為我是大鵬
所以我要在藍天上
播種我的理想
因為我有翼
所以我要飛翔在
高深莫測的希望中
有時候，恐怖的夜用無邊的黑網來捕捉我
我的雙眼遂點起烽火，伸出銳利如
水果刀的爪，把黑夜撕成一聲聲
悽厲的慘叫

有一天狂風帶了驟雨
想令我在不堪嘲笑下
沮喪得宛如一片凋零的落葉
於是，我怒嘯而去，用鋼鐵似的嘴
啄得牠們呼痛而逃
最後，無論到那裏
任何誹謗都會因我的存在而變成歌頌的聲音
從海面輕輕飛過
我看見雄心萬丈的大海也正在為我鼓掌

此詩如果將詩中打「・」的字詞去掉，對原意並無太大的損傷，有的地方反而更爲簡潔。也可以說，作者尋的意相當成功，讀者讀後有讓自己的想像達到一「不可能」的高度，因而獲得相當的快慰。對其尋的字究竟是否完全成功就並非太重要了。故此詩若再換個方式寫，其原意也不會有太多改變。

8 抽象與具象

而由前兩首詩也可看出，前一首不論寫違章建築、怪手、高樓大廈、天空等，都與人有關，「氣喘病」、「揮手投足」、「咀嚼」、「一言不發」等字詞都是人的屬性，後一首寫大鵬也是如此，大鵬的「希望」、「理想」，黑夜的「悽厲慘叫」，乃至狂風驟雨的「呼痛而逃」、大海的「雄心萬丈」和「鼓掌」等等，莫非人的屬性。這就與我們前文所說的「實與虛」、「象與意」、「景與情」等說法息息相關了。「違章建築」、「怪手」、「大廈」、「天空」、「大鵬」、「黑夜」、「狂風驟雨」、「大海」等等莫非是「景」、「象」、「實」，一定得借助屬於人的「氣喘」、「一言不發」、「希望」、「理想」、「悽厲慘叫」……等之與情思（即情、意、虛）有關的屬性與之相配，才能相生相發，而富詩意。這些說法在〈意象的虛實〉一文中已有詳細說明，那時舉的例都偏於單句，茲再舉數首小詩以印證上述說法：

原詩	非詩
惹人發慌的 就是那些，那些迎風的白楊 一排	令人注目的 就是那些，那些迎風的白楊 一排

比一排 **悠閒** （蕭蕭／白楊）	只想買一朵玫瑰回家 倒滿滿的水 插於瓶中 竟感覺**久鬱著**的心事 終於 完 成 （筱曉／一朵花）	**愛情** 淋濕了 又風乾了 留下 許多的皺摺 （筱曉／被淋濕的愛，節錄）
比一排 **漂亮**	只想買一朵玫瑰回家 倒滿滿的水 插於瓶中 一件**很久沒作**的心事 終於 完 成	**衣服** 淋濕了 又風乾了 留下 許多的皺摺

第一首中的「發慌」、「悠閒」，第二首的「久鬱著」，第三首的「愛情」均爲人的屬性，當其與外在景物的「白楊」、「玫瑰」、「衣服的皺摺」相搭配時乃有詩意。

因此當題材是具象時，宜將其抽象化表現之，即「主題的抽象化」，當題材較爲抽象時，則宜以具象表現之，即「主題的具象化」。比如上表第一首是〈白楊〉，第二首是〈玫瑰〉，均爲具象，故以「發慌」、「悠閒」、「久鬱著的心事」等抽象字眼將其抽象化。第三首的〈愛情〉是抽象的，故以具象的「衣服皺摺」加以具象化地呈現。再比如方旗的〈小舟〉：

孤獨的小舟都是歪斜地擱著
全世界的沙灘都是如此的
　而如同歪斜的頭
裏面充盈著悲哀

此詩的主題是「小舟」，是具象的，故將其與歪斜的頭互比，乃有可能與人的屬性——歷經滄桑的孤獨和悲哀相關聯，此滄桑、孤獨與悲哀乃成小舟與頭共有。這是主題的抽象化寫法。戴望舒的〈白蝴蝶〉一詩也無非如此：

給什麼智慧給我

小小的白蝴蝶
翻開了空白之頁
合上了空白之頁
翻開的書頁
寂寞
合上的書頁
寂寞

小舟的孤獨和悲哀是人所賦予的，同樣的，白蝴蝶的智慧和寂寞也是人賦予的屬性，若無此屬性，則白蝴蝶只是白蝴蝶而已，只是一景一物，無法單獨構成詩，必待人的屬性付託與牠，二者相合，方才有詩意。

反過來說，屬於人的一些現象或屬性，常須經過具象化才能予以固定，比如紀弦的〈雕刻家〉寫的是「煩憂的歲月」予他的感覺和影響：

煩憂是一個不可見的
天才的雕刻家

每個黃昏，他來了
他用一柄無形的鑿子
把我的額紋鑿得更深一些
又給添上了許多新的
於是我日漸老去
而他的藝術品日漸完成

他所要說的無非是「歲月催人老」而已，但就是要將「主題具象化」方才有詩意。商禽的〈眉〉則可以說將代表哭和笑的「眉」借助更爲具體的「鳥」加以表達，使該不甚明確的眉更爲確定：

只有翅翼
而無身軀的鳥
在哭和笑之間
不斷飛翔

末兩句尤其可看出不確定（哭笑，精神的，意的）與確定（飛翔，物質的，象的）相合時產生的

「詩效」。

9 主題抽象化（*）

由前舉數例可以得知，「主題的抽象化」或「主題的具象化」是尋字與尋意最主要的一個方向，但要「抽象化」、「具象化」到什麼程度才算是好詩，則必須以「能想像到什麼程度」作一指標，這在普通題材中尤可見出。比如「風箏」這一題材，是最普通不過了，但要寫好它頗不簡單，此時「尋意」比「尋字」似乎更困難，別人寫了一千次，你要如何突出眾人之上，顯然頗費周章，因此若再侷限於風箏本身的一些現象，而無法尋求與人之屬性的某些特點相合，則此類詩不寫也罷，茲舉六家寫風箏的詩爲例互比之：

①風箏記／羅青

倘若我會飛，倘若我剛剛飛起
像一隻白蝶，繞著花園
款款飛翔，飛翔

繫著我的，是一幢
一邊抽煙，一邊呵護我的草屋
倘若我稍稍飛高一點
像一隻白鴿，繞著田野
靜靜飛翔，飛翔
繫著我的，是一座
透明輕快，亮麗如水彩的小城

倘若，我再飛高一點
像一隻白鷗，繞著海灣
高高飛翔，飛翔
繫著我的，是一個
能文會畫且愛吟詠的綠島
倘若我振翅沖天而上
似一隻白鶴，繞著山河

迅疾飛翔，飛翔
繫著我的，是我那
高山大河平原無盡血淚交織的中國
然我卻仍舊飛著，向前向上飛著
似一出軌的星辰，繞著太空
不斷的飛翔，飛翔
繫著我的，是一個
圓圓的世界
（圓如我那青青的草屋，沒有門牌，也沒有入口）

主題抽象化過程：由風箏與人——→白蝶繞著草屋——→白鴿繞著小城——→白鷗繞著綠島——→白鶴繞著大陸——→星辰繞著地球。風箏成了象徵。

②紙　鳶／郭成義

只要你們願意

隨時可以把我摺成
這種開著翅膀的姿勢
代替你們飛行
只要能夠飛行
那便是你的願望
然而也只能把我
飛進你的距離
雖然只是一次
短暫而低劣的航程
我飛行的
是你們的天空
你們又能跟著我到多遠呢？

因此
在落地的每一瞬間
我常常想著下次

希望你離我遠一點
最好看不到
我也許可以飛得更高
更遠

主題抽象化過程：小孩是風箏，大人是拉風箏的人，物與人的尋常關係在詩中被塑成了人與人之間激烈的矛盾衝突。觀點不俗。

③風　箏／涂靜怡

我的心
繫在兒女們的身上
像牽住一根長長的線
一端是我的牽掛
一端是他們的翱翔
風和日麗的日子
我的線越放越長

讓風箏緩緩上升
到達廣闊的天空
天空是一個自由的王國
任他們翱翔
只有在暴風雨來臨時
我才將線緊收
讓風箏平安地
回到我的身邊

主題抽象化過程：風箏也是小孩，母親是拉風箏的人，其間並無衝突，且充滿關懷。第二首的緊張關係此處並不存在。

④風　箏／傅文正

空中到處雀躍著
從手中飛起來的
一張張孩提時的

臉龐

在小小的心靈
就栽種著一株
在風中招展
在雨中向上盤昇
的樹

我也曾緊緊地拉住過
想望般飛躍的風箏
（久久地……）

孩子
我只能告訴你
這是成長的階梯

主題抽象化過程：強調風箏與童年不可分割的關係，雀躍的風箏就是歡快的童年，此種心境作者企圖以盤昇的樹來互比。末兩段只是前兩段概念似的重複。

⑤風　箏／曾貴海

陪爸爸到紀念堂去玩吧，孩子們
把風箏
放上去
像是自己飛昇的一顆心
遠遠地離開這個城市
奮力往上爬
爬得愈高
才能更清楚地看見
童年遙遠的故鄉啊

主題抽象化過程：由風箏到「飛昇的心」，到「奮力往上爬」，風箏成了探望鄉愁的眼睛，是合理的抽象化。惟放風箏的孩子們就活在當下的童年裏，那麼「童年遙遠的故鄉」中，「童年」又不知何指？

⑥風和風箏／陳明台

在田野的藍空下
山風吹起的時候
風箏總是伴隨著
拉長的絲線在奔馳

這個時節
晚風的吹拂裏
遠遠的天邊
彷彿也飄著
飛馳的風箏
奔放的小男孩
而那是遠方遙迢的懷念了

山風吹起的時候
風箏說該伴隨著
拉長的絲線在奔馳

今天
走在迎風的山坡上
我卻看見一隻
　斷了線的風箏

主題抽象化過程：風箏是今昔心情對照的物象。過去的風箏有長長絲線拉著，現在的則斷了線，似有「奔放不再」之意。全詩脫離不了這種感傷。

由上述六首詩可看出，具象題材之「抽象化」程度越高的越容易成爲好詩，越不侷限在物象本身上的也越有可能是好詩。顯而易見的，第一首羅青的詩從風箏出發「飛起」，逐漸將視野擴大，所寫的不再侷限風箏本身，但不論白鴿、白鷗、白鶴、星辰等均有引力與所寫的世界相繫相連，其性質與風箏相似，故此詩抽象化層次相當高，除詩末行令人稍覺不安外，整首詩層次逐漸提升，秩序井然，是六首中最好的一首。第二首是以風箏自比小孩，飛行得永遠是大人的天空，希望那一天可以自由翱翔而去，但因線握在父母手中，故抗議歸抗議，事實歸事實。這首詩寫出了許多小孩共同的想法，觀點頗爲特殊。第三首則以風箏代表兒女，放風箏的是父母，想像的方向不是很特殊，但頗爲合理。四五六三首觀點均極爲平常，想像努力的程度不是很高。第四首首段有創意，但第二段的「樹」不恰當，末段「成長的階梯」過於直說，詩意降低很多。第五首末段末行並不妥當，而且新意不多，第六首前兩段只是一些經驗的直接陳述，後兩段有想像的轉折，但仍不夠強烈，故難成爲眞正的好詩。

10 字意握全局

尋字與尋意同等重要，五六十年代新詩注重尋字忽略尋意，故常句句精采，但合篇則無甚可觀。尋意可握一篇之樞紐，容易掌握全局，題材也較廣，容易大量輻射，但光尋意而忽略尋字，也易導致肌肉鬆垮，篇幅蕪雜，毫無節制。當然，有時尋字入手，也可進而尋意，但尋意要想像靈活，奇想噴湧方可，並非易事，故有時可單進有時須並進，因題材而異。有時只是要使某一景象固定，則只是尋字，如前舉〈迷惘〉，有時則欲突出固定題材之上，則須尋意，如前舉〈風箏記〉，有時題材奇特，突發奇想，則意已得，尋字不難，如前舉〈大鵬之歌〉。總之，寫詩是文字與想像的迂迴過程，相互捉迷藏，其樂趣就出在這「捉」字「尋」字之上。

形態分析法

1 詩的緩慢化

詩是形象思維的藝術，是詩人把思維中的形象借文字呈現出來的結果。讀者借助此詩的文字重新思維並模擬當初之形象。但其距詩人思維中之形象可能甚貼近，也可能相距甚遠。無論如何，詩人所建立起的文字必須有供讀者形象化的可能。詩人是將「形象文字化」的思維者，讀者是把「文字形象化」的思維者。此「形象」若以「畫面」二字取代，則其意義更加明顯。

詩人創造的形象可以是㈠經驗的新秩序化，也可以是㈡經驗的超現實化。然而他們與小說家或散文家創造的形象畢竟不同，小說與散文常是形象的連續化，而詩則只截取其中某個或某幾個畫面，或改裝或混熔、或放大或縮小、或纖髮靡遺地呈現，其形象在短短的文字中表達了小說散文要費多頁才能表現的效果。

詩人要文字化所思維的形象時，可以採用形態分析的方法，將本來一張或數張畫面以較緩慢的速度逐一呈現，亦即將畫面分數個細部以文字描繪之，好像鏡頭的移動一樣，有時對準這邊，有時對準那邊，有時讓臉部細胞像麵包似放大，有時又讓整張畫面霧濛濛看不清楚，然而這之間必須有個秩序，這秩序是詩人自尋自創的。有時詩人自認經驗中的畫面不足以完全呈現其所欲表達的內容，則常在畫面之中加入虛化或超現實化的畫面，以使其原有畫面強烈化。而當讀者能在短短的文字中因思維而獲得上述之畫面時，美感或快慰乃由焉而生。但所有畫面都必須自足、結構完滿。

形態分析法是把空間時間化，一眼可以掃過的事物，要在數行文字之間才能逐步獲得，它把平常的速度緩慢化，是一種「拖拉戰術」，詩效卻在此拖拉中完成。

2 詩不拒散文（＊）

形態分析法不畏懼散文，它甚至可以用散文來寫詩，當然，此散文是精簡的，它的詩意有時不建立在詩的分行效果上，而在其畫面的自足及緩緩宣洩，比如下舉二散文詩例：

①一條長龍蜿蜒於青綠島嶼之間：
他們走曲折迂迴的路線，兵器閃爍著陽光——聽，那悅耳的叮噹
看，那銀也似的河，嘩啦啦的馬兒在裏面懶洋洋駐足飲水
看，那銅面人，各隊、各人自成一幅畫面，散兵歇憩馬鞍上
有些冒出了對面河岸，其餘剛進入渡口——這當兒，
紅的藍的雪白的
隊旗愉悅地迎風翻飛

（惠特曼〈騎兵隊渡河〉，彭鏡禧譯）

②新娘穿著紅裙綠衫，剛剛披著鬢毛，在洞房還沒有春風的時候，新郎忽然內急，匆匆步出，此時恰被户樞夾住了衣角。他誤以為是她迫不及待的挽留，罵她是個等不及的騷貨。他撕斷了夾住的衣襟，頭也不回地走了。
從此過了四十年或者五十年，偶爾路過昔日的新房，一時想起往事，悄悄敲開了門，新娘子仍舊坐得那麼端正，穿著紅裙綠衫，還是初夜時的坐姿，絲毫沒有變樣。不禁嘆惋唏噓，輕輕拍著她的肩胛，新娘的繡服乍然皆化為灰燼，飄然滑下來，滑成綠灰，滑成紅燼……

（徐廷柱〈新娘子〉，許世旭譯）

此二詩中，第一首很顯然只是經驗的新秩序化，讀者在閱讀當中因須根據自個兒的舊經驗將文字還原重建爲形象，故記憶中曾有過的零碎畫面乃進入思維中，重新塑造一騎兵渡河的壯觀形象，這些片段畫面在後兩句中獲得一統合的威武場面。讀者所得的美感和快慰實肇因於此種重新塑造的能力，詩人則提供了連鎖這些片段畫面的線索。詩人所用的技巧，是在第一、二行間提供一大的場景，借兵器閃爍和叮噹鏗鏘聲將距離逐步縮短，然後再將鏡頭拉至眼前細部描繪（至第五行），如此讀者的眼睛方不致紊亂而不知所從，末二句又將之推遠，以彰顯其行列的雄壯。第二首則與第一首迥然不同，前半是實景，後半則虛化超現實化，但在恍惚之際又似有可能發生，由於此種「可能之不可能」，使讀者在想像當中，宛如置身畫面中（或附近），而生觸及新娘繡服的錯覺，而末句新娘早已成灰也是實情，虛實之間，讀者個人的類似經驗油然滑至，其受感動乃是必然的了。

顯而易見的，上述二詩若省略了細緻描繪的形態分析部分，則詩意將蕩然無存。

3 形態分析例

要使用形態分析法，詩人得比讀者有耐心，而且往往要將主要的意念或形象放到詩中段或最後才呈現。更重要的是，整首詩的「形態」要渾然成一體，亦即所有的畫面互不衝突、秩序井然，才不易重蹈老現代詩「有佳句而乏佳篇」的覆轍。如下舉各例：

詩例		形態分析說明 （①②③等代表各段）
詩題	本詩	
沈尹默 〈三弦〉	中午時候火一樣的太陽沒法去遮攔，讓他直曬著長街上。靜悄悄少人行路，只有悠悠風來，吹動路旁楊樹。 誰家破大門裏，半院子綠茸茸細草，都浮著閃閃的金光。旁邊有一段低低土牆擋住了個彈三弦的人，卻不能隔斷那三弦鼓盪的聲浪。 門外坐著一個穿破衣裳的老年人，雙手抱著頭，他不聲不響。	①太陽—曬—無人—風—楊樹。 ②破門—草—金光—土牆—彈弦人—聲浪。 ③門外—老人—抱頭—不說話。 此詩鏡頭由外而內，而回到內外之間的門上，有個老人坐著。全詩寫實，畫面自己演出。末句顯有所指。
鍾　玲 〈水薑花〉	看，好大一片水薑花 像幾千個小水妖 花朵由綠色的漩渦 探出象牙白的身腰 款擺她們的金髮	綠葉一大片，每一片皆是小漩渦，水妖有象牙白的身腰（指花身），和金黃的髮（花蕊）。以比擬寫水薑花，但細繪之。由外而內。
余光中 〈撐竿跳選手〉	那富於彈力的選手他是位超人 有三點他必須看準： 何時長竿刺地？	①當超人—三點要訣—刺地—縱起—拋棄。 ②弓—激射—倒蹴—迴身—推竿

	何時奮身一縱起？ 送他上去那長竿，何時該拋棄？ 敏感而強勁，顫顫那長竿似弓 將他激射向半空 他將自己倒蹴 精巧地蹴成一道弧 ——而旋腰，迴身，推竿 凌空一霎間，在勝利的頂點 他半醒半醺飄飄然降回地面	—降地。 首段是超人也是觀眾要超越困難的心理準備，末段逐步分解動作，像慢動作，末句虛化，更具美感。鏡頭由下而上再由上而下。
杜十三 〈帽子〉	他開始耍動手中棒子，在一片靜謐之中指揮著上千個鼻子屏住的氣息，這時候，一面小鼓忍不住急躁的追問起來了……轉動的棒子忽然停住，迅速朝那頂高高的帽子點了一下——一扇鑼「哇」的叫了一聲，帽子應聲倒在他詭異的手中，讓一隻白色的鴿子，噗嗤嗤飛了起來……（下略）	耍棒子—指揮全場—小鼓—停—點一下帽子—帽倒—白鴿飛出。全段宛如實景的再現，讀者有再創作場景的樂趣。鏡頭由一點接另一點，構築空間也構築時間。
羅　青 〈禿鷹〉 ——加	車來車往的路邊是　　大嚼一陣之後 點點四處漫遊的黑灰塵　　驟的升騰而上 枯黃草地的上邊是　　成為一朵黑色的雲	①路—灰塵—草—黑牛。 ②牛尾—烏鴉—跳。 ③第四隻—衝下—啃牛。

爾各達所見	一隻安靜睡臥的小黑牛　呵不，一隻展翅的禿鷹 黑牛的腹端尾部　禿鷹越飛越高 正有三隻毫無禮貌的烏鴉　影子散落成細碎的烏鴉點點 任意跳上跳下　鴉陣抬來暮色一張 東啄西啄　草草把小黑牛覆蓋 忽然，第四隻　在落日紫紅腫脹的獨眼裏 從半空俯衝而下　那隻盤旋而上的禿鷹 一把抓住牛頭　正在用巨大的雙翼 猛釘雙眼　仔細撫摸這人口近千萬的 加爾各達	④吃完—飛走—原來禿鷹。 ⑤羣鴉來—吃牛。 ⑥落日—鷹翅—撫摸城市。鏡頭由大而小，由上而下，又由下而上，最後優游於上，最小的卻控制最大的，形成一荒謬的場景，但又句句寫實。前兩段幾乎是散文，後幾段突出，場景在第三段是一大轉折。
鄭愁予〈如霧起時〉	我從海上來，帶回航海的二十二顆星 你問我航海的事兒，我仰天笑了…… 如霧起時， 敲叮叮的耳環在濃密的髮叢找航路； 用最細最細的噓息，吹開睫毛引燈塔的光。 赤道是痕潤紅的線，你笑時不見。	①取耳環、髮叢、睫毛、眼睛、嘴脣、眼淚等與航海的事相對。 ②再取牙齒、腮幫子、身體祕區以補前段之不足。 身體的形態分析與航海的形態分

	子午線是一串暗藍的珍珠， 當你思念時即為時間的分隔而滴落。 我從海上來，你有海上的珍奇太多了…… 迎人的編貝，嗔人的晚雲， 和使我不敢輕易近航的珊瑚的礁區。	析並時進行。
余光中〈甘地紡紗〉	季候風過後的下午　在泥敷的竹屋子裏 在深不可及的內陸　咿呀咿呀地搖著 一架古老的紡紗機　一種溫柔的節奏 咿呀咿呀地唱著　那推動機柄的瘦手 一首單調的童謠　一圈又一圈不罷休 在鐵軌不到的內陸　一綹又一綹的輕絮 在一條土路的盡頭　像倦了的孩子，紛紛 偎滿在他的懷裏　去抵抗曼徹斯特 在炎熱無風的傍晚　所有的馬達和汽笛 那咿呀咿呀的調子　而這最天真的戰歌 用催眠一樣的拍子　手肘和紡車的私語 在搖著一支戰歌　近處的蚊子和壁虎 盤腿而坐的那老頭　遠處的蠍子和響尾蛇	紡紗機—唱—土路—竹屋—手—搖樣—老頭（甘地）—搖機—抵抗—引所有人注目。 甘地在這首詩中出現得相當晚，作者用形態分析將之慢慢「釋放」出來。末幾句以蚊蟲動物虛化其敵友，舒緩其抵抗的戰鬥氣氛，益顯甘地之人格崇高。

	瘦而有力的那隻手　幾乎是整個內陸 正搖動他的笨武器　都出神地靜聽	
黃伯飛〈一枝蠟燭〉	一枝蠟燭　另一枝蠟燭 走入　帶著 一間黑暗的屋子裏　另一個影子，走入 一個影子在後跟隨　這間黑暗的屋子 這個屋子很大　兩枝蠟燭相並的燃燒 影子　影子歡悅的踊跳 開始搖曳　更多的蠟燭來了 黑暗　更多的光亮相交 和森冷需要熱力　光亮占取了多數的空間 蠟燭盡力的燃燒　光亮占取了全部的空間 光彩開始放射	此詩由一枝蠟燭開始，然後兩枝，到更多枝，最後整間屋子充滿了亮光，形態緩慢進行，漸入佳境，最末才呈現主旨。此詩雖寫實卻因蠟燭的溫暖喻旨而有深意。此詩也可視爲虛化後的寫法。
向　陽〈心事〉	浮雲把陰霾的顏面埋入 迴映碧樹蒼空的小湖 小湖又把圈圈不住的皺紋 隨風交給游魚去處理了 所謂心事是楊柳繞著小湖徘徊	①浮雲—碧樹—埋入小湖—漣漪—游魚—楊柳—心事。 ②逝去—落葉—和魚相碰—驚訝。 此詩由於語言緩慢延長，形態分析在第二段不易清晰。鏡頭由天

	逝去的昨夜挽留著將來的明天 落葉則在霧靄裏翩翩飄墜 而悲哀與喜樂永遠如此沈默 只教湖上橋的倒影攔下 倒影裏魚和葉相見的驚訝	空而下到小湖，再由湖心向湖邊，又與湖上落下的葉子相遇。悲喜之間，落葉成了一個重大的轉折。
蘇紹連 〈獸〉	我在暗綠的黑板上寫了一隻字「獸」，加上注音「ㄕㄡˋ」，轉身面向全班的小學生，開始教這個字。費盡心血，他們仍然不懂，只是一直瞪著我，我苦惱極了。背後的黑板是暗綠色的叢林，白白的粉筆字「獸」蹲伏在黑板上，向我咆哮，我拿起板擦，欲將牠擦掉，牠卻奔入叢林裏，我追進去，四處奔尋，一直到白白的粉筆屑，落滿了講臺上。 我從黑板裏奔出來，站在講臺上，衣服被獸爪撕破，指甲裏有血跡，耳朵裏有蟲聲，低頭一看，令我不能置信，我竟變成四隻腳而全身生毛的脊椎動物，我吼著：「這就是獸！這就是獸！」小學生們都嚇哭了。	①黑板—獸—ㄕㄡˋ—不懂—擦掉—追入黑板叢林。 ②出來—衣破—血跡—毛茸茸—獸。 此詩將經驗超現實化之後再予以形態分析，畫面逼真。末段有所指。
洛　夫 〈形而上〉	一把骰子擲下去　在碗中 飛旋著　滴	①骰子—飛旋—漩渦—注視。 ②冒汗—溜轉—等待—驚呼。

的遊戲〉	一個驚怖的漩渦　溜 眾神靜默　溜 地，飛旋 五指驟張　銀河系的黑洞中 開始冒汗　遙遙傳來星羣失足時的 天地　驚呼 玄黃　（以下四段略）	此二段爲全詩六段開頭，先將經驗虛化精神化提升化後再予以形態分析，底下所寫（此處略）即根據此二段反覆陳述補充，與人生體驗相印證。
洛　夫 〈雨中過辛亥隧道〉	入洞　轟轟 出洞　烈烈 這頭曾是切膚的寒風　車行五十秒 那頭又遇徹骨的冷雨　埋葬五十秒 而中間梗塞著　我們未死 一小截尷尬的黑暗　而先埋 又以光的速度復活 辛亥那年　（以下略） 一排子彈穿胸而過的黑暗	此詩手法與〈形而上的遊戲〉略有不同。先形態分析「隧道」，然後與「辛亥」相連而虛化而提升，再往下寫即此二意相互交叉描述。
林燿德 〈淪落地上的星〉	下水道的圓蓋子　將我們的柏油路 嵌合在灰色的路面上　固定在都市的地點上 承受著鞋與鞋　颱風也吹不走的路	①下水道—圓蓋—路—鞋—車—爪痕—雨勢—水聲—釘帽—固定。

星〉	車輪與車輪　龍也踩不塌的蓋 以及貓的爪痕 沈重的鐵蓋　「我們的前世 ；正面撐擋嚎啕的雨勢　都來自遙遠的天空」 ；反面聆聽黝黑的水聲　子夜時 是一顆顆釘帽　你或可聽到他們這樣的喘息	②前世—太空—星星。此詩前段寫實，並予以形態分析，將下水道圓蓋的特性描繪清楚，後段則予以虛化超現實化，使所指喻意更深。

4 形態分析法（*）

由前舉之例可看出，形態分析在詩中大致有三條途徑可以進行：

(1)全詩寫眞，逐步形態分析之。如〈騎兵隊渡河〉、〈三弦〉、〈帽子〉、〈禿鷹〉、〈心事〉等詩。

(2)全詩經過比擬或虛化或超現實化後，再逐步形態分析之。如〈水薑花〉、〈如霧起時〉、〈一枝蠟燭〉、〈獸〉、〈形而上的遊戲〉。

(3)詩之前段或大半先寫實而形態分析之，詩中或詩末再虛化之。如〈新娘子〉（詩後半虛化）、〈撐竿跳選手〉（詩末句虛化）、〈甘地紡紗〉（詩末幾句虛化）、〈雨中過辛亥隧道〉

〈詩中即虛化〉、〈淪落地上的星星〉〈詩末幾句虛化〉。

而形態分析的步驟也不外兩類：

(1)先交代大場景，再逐步縮小範圍：一如古詩中的「青青河畔草，鬱鬱園中柳，盈盈樓上女，皎皎當窗牖，娥娥紅粉妝，纖纖出素手……」，由大而小，由遠而近，最後才凝聚在焦點上。在新詩中則不妨很散文化的開始，但場景要大些，如〈騎兵隊渡河〉的「一條長龍蜿蜒於青綠島嶼之間」、〈三弦〉的「中午時候火一樣的太陽沒法去遮攔」、〈水薑花〉的「看，好大一片水薑花」、〈撐竿跳選手〉的「那富於彈力的選手他是位超人」、〈禿鷹〉的「車來車往的路邊……」，〈甘地紡紗〉的「季節風過後的下午／在深不可及的內陸」、〈雨中過辛亥隧道〉的「入洞／出洞」、〈淪落地上的星星〉的「下水道的圓蓋子／嵌合在灰色的路面上」等等，無不如此簡易地很散文地開端，就好像先向人說「這是一張國畫」，然後再慢慢分解畫面。

(2)由場景中的某局部畫面開始，再逐步掀露其餘畫面，此局部畫面經常是畫面占較大或者爲一焦點：如馬致遠的〈天淨沙〉即從畫面最近面積也占較大的「枯藤老樹昏鴉」開始。在新詩中則宜選擇場景中最易引起注目的焦點起頭，如〈新娘子〉的「新娘穿著紅裙綠衫，剛剛披著鬢毛」，新娘當然是洞房中的焦點。〈帽子〉中「他開始要動手中的棒子」，〈一枝蠟燭〉中「一枝蠟燭／走入／一間黑暗的屋子裏」，〈獸〉中「我在暗綠的黑板上寫一隻字『獸』」，〈形而上的遊戲〉中「一把骰子擲下去／飛旋著」，這些開端無不是該詩的焦點所在。

5 詩不宜蝸牛

詩歌寫作和欣賞的原動力不外乎對語言世界的好奇，對思維方式和表現技巧的好奇，以及對自身或他人所營造之情境的好奇。形態分析法即基於此項好奇之逐步緩慢地揭露，但卻也易引起讀者的不耐，因此如何避免過分緩慢，能在最精簡的文字範圍內達成該項效果，實值吾人多加注意。

特性列舉法

1 心上金字塔

寫詩譬如在心頭上造一座透明的小金字塔，其工程的艱困或簡易，別人是看不見的。有時搬運一組詞句譬若在泥淖中推動一柱石材，處處蹇窒難行，有時又會突獲神力，舉數石若舉羽毛，片刻揮毫即就，此中況味，眞是所謂「難爲外人道也」。

金字塔的建造固然是越到頂頭越難，一般人注意的多半是露出地面的堆疊工夫，那不外是「選擇」適當的語言石材，再予以互助互補地「組合」。然而關於如何打好基礎工程，穩固下盤，深鑿機關，使所收所藏更具時間的挑戰性，則常常易受忽略，無怪乎這世上壞詩多好詩少了，原來造在那心頭上的金字塔多半是紙做的泥糊的，甚至基底剛好坐落在一盤流沙上。

詩要寫得好，不外乎要想得廣、想得深、想得開、想得奇。前兩者是地窖工程，後兩者是地上工程，前兩者是打底，後兩者是造頂。前兩者得大想特想，後兩者得大比特比。題材要能讓人大想特想，必須有所憑藉，情、理、事、物四項當中，當以事與物較易入手。這樣的題材隨手一抓就是一把，不信，翻開各種詩集看看，題目雷同者多得不可勝數，那些都是題材！而關於如何想，當是抓住其中一項，天南地北地想，把與此題材有關的陳年舊事都從記憶匣中翻箱倒篋而出，可以胡想、細想、猛想，更可幻想、夢想，想得天花亂墜、想得不著邊際、想得不知所云、想得無蹤無跡，最好是想得出神。想之不足，又何妨繼之以經史子集、雜聞、軼事、笑典、百科……等等，無一不可置諸腦海中，令其浮沈。然後重要的是，不僅要想得快，有時更要想得慢。卡繆的一段話值得我們借鏡：「有時，我試著回憶我家臥房，幻想自己由房中一角出發，繞屋一圈，並逐項回想所見每一事物。一開始，進行速度太快，一、二分鐘即告結束。然每重複一次，時間便稍復拉長。我試著回想家中每一項擺設，每一樣物品，再回想其上的細節，以及細節的細節，鑲嵌圖案，天花板上的裂痕，木工製品之紋理與色澤。我必須始終聚精會神，方可理出一秩序，又不遺漏。……我發覺我愈思索細節便愈多——半遺忘的、被忽略的——一一浮出腦海。我發現：『任何人在世上活過一天，當可輕易於獄中度過一百年。』」（見《異鄉人》）。

想得快才能流暢靈活、縱跳自如，令想像的幅員遼闊，想得慢才能鉅細靡遺、醞釀靈感，使想像的草皮不致太薄。卡繆末句所言或許過實，但此種聚精會神的腦中功夫值得學習。

2 時空的座標（＊）

詩之病易病在簡單化、情緒化、概念化、紊亂化與囉嗦化上。茲各舉一例說明：

詩病	詩例	說明
簡單化	穿過了楓林 恍惚的看見了一個影子 我道是隻蝴蝶 原來是片落葉 （何植三〈落葉〉）	僅是剎那間錯覺。若為一首詩末四句或許更完整。句式只是散文，未轉化。
情緒化	爆烈的巨響 驚醒我的沈睡 當我的眸子睜開 正是三月 ——辛亥年的三月 「自由，平等，博愛」的吶喊 震開我每一根毛孔 於是，我感到 我的血管中也有炸聲響徹 於是，憤怒 在我的胸中燃燒 我乃破喉一吼 化成遍地黃花 （佚名〈三月．獅睡之醒〉）	熱情可感，可惜情緒過於激昂，語言說服性不足。第一段散文分行，第二段所造形象無法自圓其說，且毫無美感。

概念化	秋的心 是空虛地 淡淡地 默默地 消沈在無限的寂寞裏了 晚陽無聲地落了 黃葉無聲地飛了 寂寞的心啊 也飛了，飛了。…… （倪貽德〈秋的心〉）	充滿了副詞和形容詞，幾無形象可以供讀者想像。
紊亂化	山峰擁擠著山峰，衰老 乾枯的歲月榨出一滴樹， 又在空中昇化，像貧民窟 屋頂上一撮黃色的小草。 山峰的心腑似乎在跳躍， 這些孕育著祕密的墳墓！ 這些扭曲的土塊是痛苦 照見的形象？心臟病的徵兆？ （楊周翰〈山景〉）	「一滴樹」、「山峰的心腑」、「心臟病」等均不知何指？作者使用的形象無法正確掌握其所欲表達的面貌，前後乃紊亂不清。
囉嗦化	蟬聲醒時 我已走入佛度的千浪之外 思緒終生未竟 纏繞的塵事 生命在遠去中將是一種如何 沈默的音韻 像寒寺的笳鼓 幽幽的傳開 或者是那秋山的落葉 在最後的晚風中 旋著 哎 而我終是那帶髮未剃的漢子 帶著碎夢 孤獨的走在 暗夜天涯 （柳曉〈斷鷹〉）	第一段末兩行意義不清，第三段與第二段關係不密切，故保留第一段前兩行及第二段即可（「如何」二字也可省略）。

要避免以上各病，則必須如第一節所言，先得想得多想得細，將所欲描繪的事物之「特性」置於時空座標上羅列詳細，再或單挑，或細分，或合併，或更換，或暗示，或分解動作。比如「貓」一題，即可就時間項下與空間項下分別想及（其他題材，方法相似）：

1. **時間座標下**：古代的貓（比如貓的木乃伊）、某一時代的貓（戰火中的貓）、現在的貓（不用抓老鼠的貓，一羣貓啃老太婆的故事）、未來的貓（機器貓）、某一時刻的貓（發怒、求情）、某一剎那的貓（撲向老鼠或毛線球）、無所不在的貓（墨貓在黑夜的牆頭上）、永恆的貓（把爪收起來的女人？）

2. **空間座標下**：某一種類的貓（如波斯貓、暹邏貓、花貓、山貓），某一定點的貓（公寓的、鄉村的、騎牆的、垃圾上的、墳頭的、皇宮的、皇后懷中的、〇〇七龐德女郎手上的、坐汽車的）、貓的外形（五官、身段）、細部（爪、鬚、尾、肉墊等各部分的功能構造）、動作（走、坐、立、臥、睡、跳、躍、生氣、親人……等姿態各個不同）、色澤（毛皮顏色）、聲音（咪叫聲、發情聲、憤怒聲、飢餓聲……）、貓的觸覺（驕傲的髭鬚）、嗅覺（鼻）、味覺（帶鉤的舌），貓予人的整體感覺（夜貓子、懶貓、整潔、溫柔、威嚴、寂寞、沈思、多變？……），其他資訊（貓的傳說或故事）。

此時若能適時發揮前舉卡繆的「精思」功夫，一定妙絕。有些特性的回想有如咀嚼小魚，可以連骨帶刺，有些特性則必須精挑細啄，纏繞盤旋許久方止。

底下茲舉以「貓」爲題材的例子說明上述特性在詩中扮演的角色。波特萊爾以貓爲題的詩（杜國清譯）至少有四首，舉其中三首與其他詩作互比：

詩例		貓的特性
詩題	本詩	
波特萊爾〈貓〉	火熱的戀人以及嚴肅的學者， 到了成熟的年齡一樣地喜好 威嚴溫柔的貓——一家的驕傲， 像他們一樣怕冷且慣於久坐。 經常尋求沈默和黑暗的恐怖， 貓是為學的良友逸樂的知者； 閻羅王可會用貓代馬拉柩車， 假如貓能捨棄驕矜忍受驅使。 貓在冥想時裝出的高貴之姿， 有如大史芬克斯在荒漠深處， 橫臥而沈睡在無止境的夢裏； 魔術的火花撒滿豐柔的腰間， 而黃金的微粒，像細砂似地， 朦朧地星亮在那神祕的兩眼。	此詩以貓的坐姿爲主，說明牠們的沈默有冥想的高貴、威嚴溫柔的品質，但卻驕矜不能驅使。一如牠們的雙眼，有神祕之感。全詩以貓的「沈默」特性作中心，其餘品質均爲詩人主觀認定。
波特萊爾〈貓〉	強壯而柔媚的一隻美貓， 在我腦裏悄悄踱來踱去， 就像在他自己的房間裏。 你幾乎聽不見他的咪叫， 那聲音總是豐美而幽深。 這就是他的祕密和誘惑。 那聲音珠凝玉滾地滴到	此詩以貓的「聲」爲主，全詩即環繞此特性，說明貓咪叫時謹慎柔和、豐美而幽深，似

	波特萊爾〈貓〉
那音色如此的謹慎柔和； 不論是在靜息或在抱怨， 那聲音慰撫最狠的痛苦， 飽含著一切的狂喜恍惚； 那聲音不需要什麼言詞， 就能說出些最長的句子。 不，什麼弓都不能鋸割 我的心，那完美的樂器， 我心中那最暗黑的深處， 使我充實，像一句妙詩， 使我歡樂，像一服媚藥。 使他更為豪華而莊嚴地， 唱出最靈敏的心弦之歌。 除了你聲音，神祕的貓， 純潔的貓，奇妙的貓喲， 在你之中，像天使似的， 一切是那麼和諧而美妙！	到我熱戀心上來我的貓， 將妳腳上的爪藏起， 讓我沈溺在金屬與瑪瑙 合成的妳那美眸裏。 當我的手指悠閒地愛撫 妳的頭和彈性背脊， 當我手醉於愉快的滿足， 觸及妳帶電的肉體， 我就幻見我女人，眼神 像妳，可愛的動物， 深邃冷凝而且尖銳如箭； 從她腳尖到她頭部， 一種微妙氣色一種危香， 漂浮在她褐色身旁。
一句妙詩一服媚藥，而詩人主觀地認爲唯有他能共鳴此珠凝玉滾似的聲音。詩後半顯有暗示，似借此貓的特性向某人傾訴仰慕之情。唯似乎過於顯露，尤其末兩句。	此詩描寫著重在貓的眸子和身段，前者用視覺，後者以觸覺爲主。詩後半擺明了以貓聯想女人，而美眸與身段正是其特性，使前半與之相互滲透，終使貓之女人性格，女人之貓性格共同發揮。全詩充滿火

		熱之官能氣氛。
馮　青 〈貓〉	月亮出來了 貓的眼睛 在小丘上端視著人影 端視著 寂寞的深淵裏 那叢由竹子林喧嘩起來的風聲 縱然輕身一躍 也不過是層頹瓦 哀傷的貓影 遂靜靜軋輾過 女人微亮的夢境及盈淚的髮絲 青色的窗户不斷自貓的瞳孔裏 流動過去 陰暗的地底 嬰兒紛紛夢著的天空 竟然 魚肚一般的白了	此詩以貓的眼睛爲主，但又與月亮、與作者的眼睛相互重疊。眼睛的移動宛如月的移動、貓的移動。失眠的貓即失眠的月亮，即失眠的作者。貓夜行的特性於此詩具暗示作用。
蘇武雄 〈那隻貓〉	倦慵地翻一下身 半裸細長的腿 和一堆亂雲的髮 星期日的中午 還躺在靜止的老爺鐘上。 惺忪得一道直線的瞳 怎堪打開窗簾？ 讓喧鬧鎖在外面 把夢緊緊地擁在枕下 好好地多睡一覺。	題目雖是貓，但貓的特性在詩中並不明顯，尤其第三句讓人難以與貓聯想，則顯然寫的是女人的慵懶。貓只是借題。結句稍弱。
江仁智 〈我是小貓〉	聽不到妳的聲音， 我雙眼雪亮起來， 像黑暗中的小貓， 惶恐？無奈？ 是的 埋怨她母親的不在？ 或是， 寵愛她的主人	以小貓自比，有依賴無助之意。前半觀點與後半觀點不一致。前三句雖散文，但往後本有可

那可憐的、細細的哀嚎　已在夢裏作鼾？
爲，惜過於直述，毫無形象，遂淪鬆垮。

由以上六首詩可以看出，前四隻貓多以貓具體的特性出發（貓的慣於久坐，貓的眼睛、身段，貓的咪叫聲，貓的善於夜行無聲等），故易言之有物，使讀者在閱讀當中腦中有貓的各種形象，雖不甚清晰，但彷彿可擬，讀者乃有創造形象的快感。否則若如後兩隻貓，自貓慵懶和依人的抽象特性開始，讀者的想像無法停留在某些與貓有關的物體上，焦點便不易集中，惘悵若失，乃是必然。

3　特性列舉法（*）

當一事物的特性如前節所示，在時空座標上羅列詳細後，即可進入冥想階段，此時採用於詩中的特性可能非常單純，只將某一特性放大來寫（特性單挑，如前舉的貓例），將不同特性用不同詩處理（特性分列，波特萊爾的三隻貓即是），將所列舉特性於同一首詩中並列處理（特性並列），將所列舉某一特性以某一類比方式轉換（特性單擬），或暗示（特性暗示），將所舉諸多特性用多種類比手法於同一首詩中一一轉換（特性多向比擬），將事物某一特性以分解動作方式逐步呈現（特性分解）。茲各舉例說明如下：

特性列舉法	詩例	特性列舉說明
特性單挑	好像曾經聽到人家説過，吹號者的命運是悲苦的，當他用自己的呼吸摩擦了號角的銅皮使號角發出聲響的時候，常常有細到看不見的血絲，隨著號聲飛出來…… 吹號者的臉常常是蒼黃的…… （艾青〈吹號者〉）	此詩之動人在首段末三句，將吹號者用力鼓腮吹奏的特性單挑出來，加以放大誇張，詩質乃現，且焦點單純集中。
	劃破茫茫大海的， 不是白晝的太陽， 不是夜晚的星星， 也不是日夜吹著的風。 劃破茫茫大海的 是一隻生命的小舟…… （蓉子〈小舟〉）	與大海相關的特性何止萬千，此詩只揀最渺小單純的小舟與大海相比劃，張力乃現。
	把目光從遙遠的綠夢收回 才驚覺 參天的原始林已枯萎 成一排森嚴的鐵欄 虛張的大口 再也呼不出 橫掃原野的千軍萬馬 除了喉間 咯咯的幾聲 悶雷 （非馬〈獅〉）	獅子的特性也有很多，作者單挑鐵欄內新進獅子的吼聲予以特寫，意象單純但精準。
特性單純模擬	戀人之目 黑而且美 十一月	戀人的眼睛爲此詩強調的特性，以之與高遠虛黑的流星雨互比，虛實

	獅子座的流星雨 （紀弦〈戀人之目〉）	不定，具幽渺之美。
	遠遠的 靜悄悄的 閑置在地平線最陰暗的一角 一把張開的黑雨傘 （張默〈鴕鳥〉）	鴕鳥心態爲人所鄙，身爲鳥而無法飛翔，一如黑雨傘張開而放置地面，此詩以視覺上同爲黑色同爲傘狀的特性互比，極貼切。
	螢兒自由的飛走了， 無力的殘荷啊！ （冰心〈春水〉之四十八）	螢兒飛行姿態不疾不緩，宛如夜中小浮萍，殘荷雖大，配以無力，乃有舒緩飛行之態。
	一條拉鍊 嘩啦啦拉開兩山翠綠 （李仙生〈瀑布〉）	瀑布特性難以模擬，以拉鍊互比，剛好動作與方向相近，其比有力。（方旗另一首〈瀑布〉更佳）
特性暗示	牠的內心的風景，就是望不盡的天涯 牠撥弄著隱藏的欣喜 牠搖曳著心靈的風雨	詩人以豹自比，句句寫豹的特性，卻句句均暗

	蔓草萋萋，遮斷牠的瞳孔的去 路 從空無的背後出發 世界還是空無一片 牠抖擻著矯健的身子 牠偵伺著自己的方位 橫在牠的腳下的，是一片 無端的空白，寒冷以及戰慄 當人類鼎沸著某些淒絕以及毀 滅的吶喊 只有牠是不言不語的 唯一的醒者 （張默〈豹〉）	含詩人的影子，並以唯一的醒者自期。
特性多向比擬	我在博物館看到這隻恐龍 當落日灑滿軒窗， 寬敞的殿上，特大號的祭司 護守地球孩提的奧祕。 時間最大的標點 在失去的上下文中懸置…… 遺落了果實的竹簍 這石與肉鑄成的雕塑 這搖晃的燈架，我感到 無法蓄存一點力氣 對肉體有著不可磨滅底 眷戀。 螻蟻列隊走過 巨大的腳趾虛懸 那曾是雷神的印戳 雨後遍蓋於 地球軟軟的額頭—— 高聳的背脊 現在是斷裂的弓 顯然是重重地 撞在礁石上	此詩中的每一句都分別自不同角度形容恐龍龐大複雜的特性。顯然必須將每一部分分別拆裝，個別模擬後再予以組合。否則恐龍古今之對比恐難具體呈現。此詩手法多元，具繁複之美。

	特性分解
空虛的頭顱 鬆脫了森嚴、綠色的歷史 弧度優美的頸項， 是修長的狡橋 連接飛鳥的視野 和龐大，憂愁 必然腐朽的軀體。 成排的肋骨 徒然的槳 在平滑如水的地面 船首翹起 當風輕拂 這繁雜的樂器輕響 （中段略） 它也曾有生命的條理 果肉包裹著果核 血液像清泉般 在裏頭川流不息 肥大的臟器在磨坊蠕動 養分從這兒傳到四處…… （後略） （羅智成〈恐龍〉）	昨夜爛醉回來的我 發了一陣酒瘋之後 又發了絕不再喝酒的誓 並以唐明皇淚灑馬嵬坡的心情 把家中最後一瓶最醇最香的 怪哉！怪哉 香檳，隆重埋入後院 樹起一方永恆的 戒酒紀念碑 今晨我精神恍惚的出門一看 目覩此等奇觀
	當一事物難以形容其外觀時，則宜將其形態細部分解（如上文所示），甚至使之動作化。此詩即將酒瓶椰子眞正酒瓶化，並賦予戲劇化的過程，則一眼可以掃過的

但見那瓶香檳
竟然大模大樣的
生根抽芽懷起肥肥的孕來
肥如一尊介乎檳榔與椰子之間的
彌勒佛，便便大腹之中
不時傳來咕嚕之歌，嘩啦之唱

唱時遲
那時快
大腹忽然一陣收縮
瓶口突的一聲巨響
只見一道道酒泉碧綠
四處噴灑
一點點酒抹花黃
隨風飄散
驚訝、興奮、緊張
又有點害怕的我
禁不住大聲怪叫
本能的抓起擋在眼前的
椅子，衝至酒瓶樹下
縱身飛上椅背
張臂抱住瓶口

就在準備張口狂飲的剎那
那噴射似箭的酒泉
突然都凝成了片片青綠的葉子
化成了翡翠的羽毛扇子
而目瞪口呆的我
則翻身跌了下來
跌入那把搖晃不定的椅子
摔成了一冊渾身無力的《酒徒
列傳》
一任扇底的微風
隨意翻閱

（羅青〈**酒瓶椰子發展史**〉）

事物將在動作中逐次解放出來。這是靜則動之，簡單則複雜之的手法，並賦予外形的特性一系列戲劇性的動作化。

特性並列

馬額馬啊
用你的袈裟包裹著初生的嬰兒
用你的胸懷作他們暖暖的芬芳的搖籃
使那些嫩嫩的小手觸到你崢嶸的前額
以及你細草般莊嚴的鬍髭
讓他們在哭聲中呼喊著馬額馬啊
令他們擺脫那子宮般的黑暗，馬額馬啊
以濕潤的頭髮昂向喜馬拉雅峰頂的晴空
看到那太陽像宇宙大腦的一點燐火
自孟加拉幽冷的海灣上升
看到珈藍鳥在寺院
看到火雞在女郎們汲水的井湄
讓他們用小手在襁褓中畫著馬額馬啊

馬額馬，讓他們像小白樺一般的長大
在他們美麗的眼睫下放上很多春天
給他們櫻草花，使他們嗅到鬱鬱的泥香
落下柿子自那柿子樹
落下蘋果自那蘋果樹
一如從你心中落下眾多的祝福
讓他們在吠陀經上找到馬額馬啊
馬額馬啊，靜默日來了
讓他們到草原去，給他們神聖的飢餓
讓他們到暗室裏，給他們紡錘去紡織自己的衣裳
到象背上去，去奏那牧笛，奏你光輝的昔日

（後暫略）

（瘂弦〈印度〉）

此詩將印度諸多特性並列寫出，並賦予秩序化，由嬰兒與甘地的關係一直到老。所列特性無不代表印度的特色與甘地的宗教情懷，乃使詩具豐繁多樣之美。類似寫法可在他的〈芝加哥〉、〈巴黎〉、〈赫魯雪夫〉等詩中見出。

百年後，你將在博物館看見
這尊黑凜凜的巨獸
吐完喉中的敵意，膛中的恨
在火獄和煙網，呼痛和呼救之後
擱淺在歷史無助的岸邊
不可解的一具駭屍，曾是恐龍
幾分可駭，和更多的可笑，可憫
百年後，你將在國立公園裏看見
這重噸的黑魅，靈魂滌盡驕蠻
一個退休的屠夫，再度恢復
古金屬的好脾氣和純樸
斑斕剝落的慈愛，冷靜如僧
百年後，他將柔馴地蹲伏
在健忘的草地上，任鴿羣
任無知的鴿羣在四周沈吟
任孩子們合唱，騎在砲管上，
　幻想
胯下是長頸鹿，是王子的白馬
任年輕的母親以他為背景
在橄欖樹下準備野餐
而且微笑，向快門與鏡頭
在百年，在百年之後
而且不了解，在百年，在百年
　之前
一分鐘的瘋狂比一百年更長
當暴怒的巨靈啊你的鐵臂舉起
眾神掩面，天使垂淚
也不可勸解，一寸，也不可挽回
鐵臂舉起，成一個褻瀆的斜度
長膛正熱，毒咒在膛中沸滾
你的斥罵宏亮一如真理
濃煙中，春泥飛濺如雨
你大聲呵斥，掀起草皮
天癡，地騃，你大聲喝止
爛肺的咳嗆，爛眼的呻吟
母親低泣，孤兒合唱隊的啼聲

（余光中〈野砲〉）

此詩將一尊野砲作古今對比。不同時代有不同特性，詩中一一將之列出，先寫退休後再寫退休前，相互列比，深具嘲諷性。相似寫法也可在〈白玉苦瓜〉、〈唐馬〉等詩中見出。

特性分列		
之一：將帥 將帥也是無辜的 戰事一開 就不能操縱大局 十萬大兵 只是許多各據一寸土地的 一個哀兵 這時將帥也是一個哀兵 不能發號施令 只求在亂軍中苟全性命 雖然不在最前線 也隨時會飛來 炮箭 而即使勝利 那是一片瘡痍的土地 無法 收拾殘局 之五：兵卒 兵卒更是無辜的 號令傳下來 他們傳給手中的刀槍 不能後退 後方是無法還擊的刑場 前方或者還可先下手為強 果真是強的 慶功宴門外還得站崗 （駱崇賢〈棋子〉之一之五）		將棋子的特性羅列後各子處理，彼此之間相互引發又各有特性，細節與人生相關，特性更能充分發揮。
	丑 NNE 3/4 E 露意莎 四更了，蟲鳴霸佔初別的半島 我以金牛的姿勢探索那廣張的 谷地。另一個方向是竹林 飢餓燃燒於奮戰的兩線 四更了，居然還有些斷續的車 燈 如此寂靜地掃射過 一方懸空的雙股	此詩將性愛時各種不同時間不同狀況特性分列處理，又以十二星象暗示循環起滅，使詩具秩序與繁複性。

末

「我願做你最豐滿的酒廠」
午後的天蠍沈進了舊大陸的
陰影。亢奮猶如丑時的金牛
吸吮復擠壓，洶湧的葡萄
洶湧的葡萄
收穫的笛聲已經偏西了
露意莎還在廊下飼鴿嗎？
偏西了，劇毒的星
請你將她的長髮掩蓋我

（楊牧〈十二星象練習曲〉二段）

4 新詩立體派

上述分類只是方便，其實一首好詩常是各種方法的綜合運用。特性列舉法的極致，是把事物先從各個不同空間時間——即不同狀態中游離解構出來，再予以選擇重新組合。它甚至可把事物本身幾何化，純色化，還原為圓球、圓筒、圓錐、空架，和各種純一之色，再予單獨聯想、綜合、色彩對比，或與動作的美姿互擬，再挖掘事物、聯想事物，因而獲取詩想，這種方法或可說是新詩的「立體派」。

詩若要長時期寫下去，特性列舉的準備和發酵工夫非常重要。當腦中存放的資訊一一由潛意識被張羅至意識中來時，便可往復憑空臆想、翻讀，即使當時不知如何下手，然而擠壓混揉日久，就常會於轉身、如廁，或寤寐間豁然得手。所謂醞釀必須有料可醞，此料不在別處，就常深藏在你我腦皮層的下方，須靠想像耐心地去翻找，而且應讓翻找成爲一項習慣，即使在夢中。當然，平時挖深經驗、仔細觀察、大量閱讀，也是重要的。然而會不會，我們一輩子所獲得的經驗和資訊已有過度負荷之感了？所以讓常人都怠於思索或只是淺淺地思索？此時卡繆的話就值得深思了。

附錄：

想像力的十項運動

下列各題僅供初習新詩者練習之用，這只是一首詩的開始，而絕非結束。當然，一首詩的開始有各種途徑，此處僅提供幾種可能而已。如何運用，全在個人領會和努力。所舉各例未附加作者姓名的，均為筆者所擬。打*者是非常容易完成的。

1 比喻的遊戲

請參照〈比喻的遊戲〉一文的方式，先寫出表中更多C的詞彙來。再做A與B、B與C、A與C，或B與B、A與A、C與C任意連結，得出較易有聯想或有感覺的一組詞彙。並試加發揮，寫出詩句來，如表左邊所示的例子。

A（名詞）	B（名詞）	C（名詞、動詞、形容詞、副詞）
小孩	老人	搖籃、回憶、誕生……（請繼續，以下同）
鐘聲	寺廟	晚鐘、古典、祈禱……
長城	邊疆	苦寒、憂愁、沮喪……
飛鳥	天空	曠野、河流、追趕……
琴鍵	音樂	雙手、巷弄、彈奏……
神話	傳說	流傳、影子、夢、糾纏……
荷花	池塘	倒影、燦爛、枯萎……
賓客	宴會	主人、燈光、抽煙……
演員	戲劇	螢幕、放映、道具……
仙人掌	沙漠	乾燥、濕漉漉的、刺人的……

①連詞例：燈光的搖籃、沮喪的河流、追趕的琴鍵、濕漉漉的影子、天空的螢幕……（請繼續）

②詩句例：a 被一雙手苦苦追趕的琴鍵

b 憂愁
在燈光的搖籃裏
搖來

溢去　（賴仲玉）

c 憂鬱的眼
像一條沮喪的河流
孤獨的燭光下
種植著——你
濕漉漉的影子　（賴仲玉）

d 老人抽著煙
吞吐間
把捲捲的口憶
放映在天空的螢幕上　（賴仲玉）

e 宴會上，賓客是一朵朵盛開的荷花　（胡翠屏）

（請繼續……）

2 聯想的大樹

請參考〈想像的捕捉〉一文將左列的詞彙根據類似、接近、對比等聯想方法，加以不斷推衍，直到成為一棵巨樹。再試著將各詞彙相互連結，寫出詞組及詩句來。題目也可自擬。

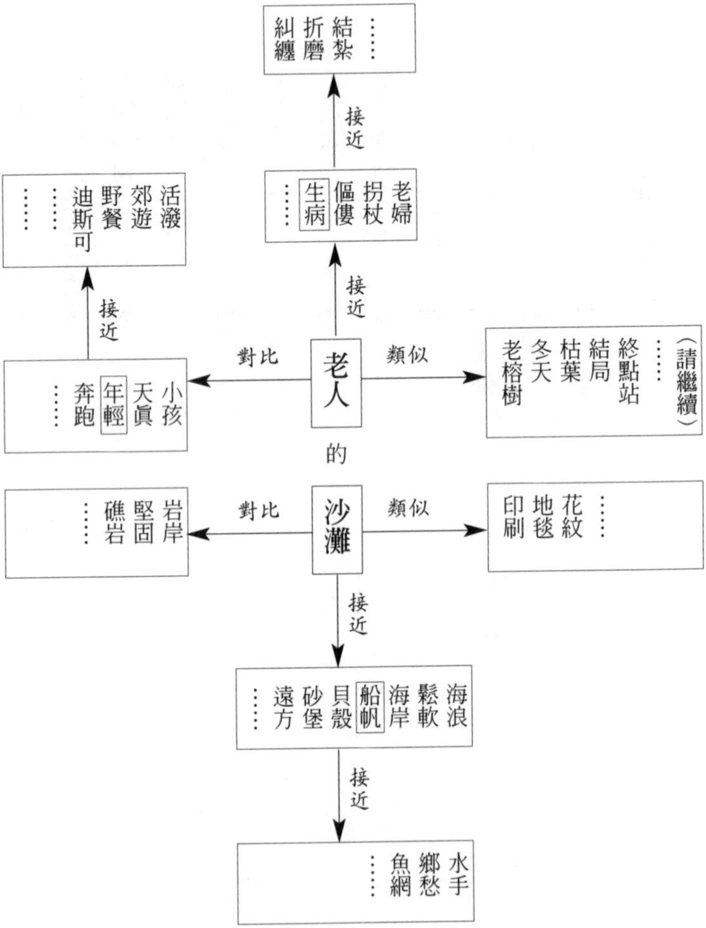

①**連詞例**：海浪的印刷、大海的野餐、糾纏的遠方、結紮的遠方……（請繼續）

②**詩句例**：a 被鄉愁結紮的遠方

b 那條愛之船沒有回來
　成了大海的野餐

c 平滑的沙灘上
　一波波浪的印刷

d 老婦人眼裏有一條船
　日日糾纏著遠方

③**小詩例**：

沙灘上浪花來回印刷了半世紀
　那條船再不曾踩上來
斷槳一般成了大海的野餐
老婦人坐在門前，眼裏有一張帆
　日日糾纏著遠方

3 內省六何法

1. 請先參閱〈煎出一首詩〉一文第三節，再讀完下面這首詩後，將詩中有關的「六何」分別寫入。也可加上你自身對一座古典花園的認識，或更多有關此花園的資料，儘可能每一欄寫滿四至五點。

林家花園

萬丈紅塵都蹲下來，圍在四周
看臺北掌中，一拳小小的盆景
傾斜的繁華用進口樟木扶正
溜下樑的歲月以杜邦漆補妝
跌翻的銀磚，崩毀的金山
這回用新臺幣砌上
至於吟詩聲，酬唱聲

歌舞聲，划船聲
　以及械鬥的仲裁聲
唉，都一一走出了圍牆
走出了田野，隨嗩吶步步
高升，葬入遠方的山崗了

從高處再回首，洶湧而入的
已是螞蟻樣的落塵，和人羣
而來青閣上，一位百歲老者
正排開眾多遊客，抬頭
望十九世紀的天空
從遠遠觀音山那頭，模模糊糊
飛來一隻鷺鷥，銀白閃閃
悠悠地飛來，由淡漸漸
轉濃，飛來，飛近
啊竟是七四七一隻

砲彈般灑下一地高樓大廈
灑在田野上

747 呼嘯掠過頭頂——

註：林家花園建於一八五三年，有來青閣、香玉簃、觀稼樓等十多處樓臺亭閣。數十年前仍地處田野中，可遠望觀音山，如今所見已是林立的高樓大廈。一九八六年重修完成，花費臺幣一億五千萬元。

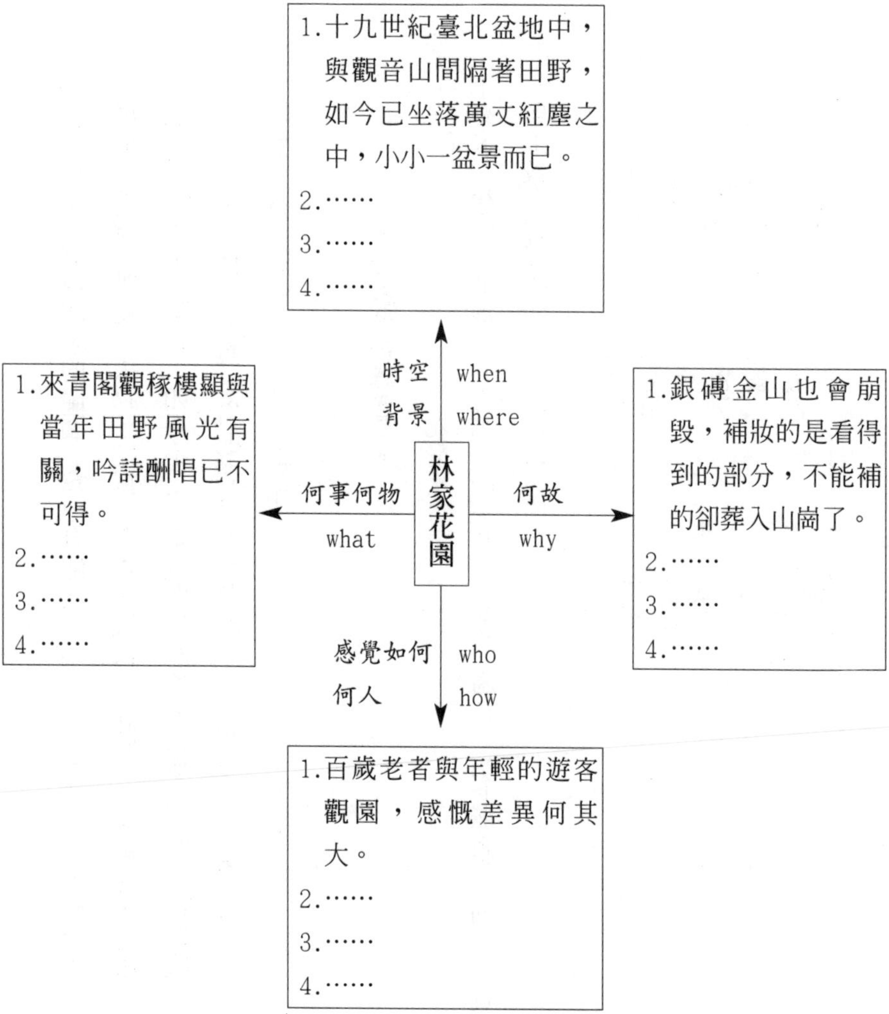
林家花園
時空 when
背景 where
1.十九世紀臺北盆地中，與觀音山間隔著田野，如今已坐落萬丈紅塵之中，小小一盆景而已。
2.……
3.……
4.……
何事何物 what
1.來青閣觀稼樓顯與當年田野風光有關，吟詩酬唱已不可得。
2.……
3.……
4.……
何故 why
1.銀磚金山也會崩毀，補妝的是看得到的部分，不能補的卻葬入山崗了。
2.……
3.……
4.……
感覺如何 who
何人 how
1.百歲老者與年輕的遊客觀園，感慨差異何其大。
2.……
3.……
4.……

2. 請就你所了解或閱讀的範圍，寫出有關埃及「金字塔」的認識及感覺——形狀、建造、歷史、傳說、神祕、人物、挖掘、考古、現代保存狀況……等等，運用上述六何法分別填入各欄，越多越好。如果不足，可查閱相關資料再填寫。將之積存腦中，試著寫一首詩。若感覺此題太難，可改題爲「嘉峪關」、「長城」、「馬王堆」、「玉山」、「蘭嶼」、「日月潭」……等。步驟如上。

4 意象的練習（*）

1. 參考〈想像的捕捉〉一文第一節末及〈意象的虛實〉第七節將下列上下各詞任意連結，留下較有意義的句子，再加以發揮。

沒有	塵埃		床
失去	愛情		工廠
耗光	夢		搖籃
被折斷	翅膀	的	城堡
唱不出	風		世界
彈不起	波浪		老鷹
提不起			海洋

2.由「被蚊子咬了一下」出發，寫成下列各詞，步驟如1。

被 給 讓 把 拿起 ……	蚊子 夢 愛 美 永恆 憂鬱 ……	輕輕 狠狠 用力 使勁地 溫柔地 血盆大口地 重重地 ……	咬 撞 刺 捶 抓 糾纏 啃 壓	的	一下 一夜 一輩子 一下午 整個夏天 ……

舉例：①被美撞了一下（陳幸蕙）

②a被夢重重壓了一夜

b可再改成：被一枚癡肥的夢

重重地壓了一夜

3.由「他把抽屜的東西收起來」出發。寫法同1、2。

他 風鈴 海浪 ……	把	抽屜 寂寞 水手 ……	的	東西 下午 鄉愁 ……	收起來 吹響了 搖來搖去 ……

舉例：①風鈴把寂寞的下午吹響了
　　可改成：風鈴叮玲叮玲的
　　　　吹響了下午的一場寂寞
　　②海浪把水手的鄉愁搖來搖去
　　可改成：忽上忽下，水手的鄉愁
　　　　搖晃在大海巨大的搖籃裏

5 詩的虛實法（*）

請參閱〈意象的虛實〉第十節，指出下列所舉各句中使用何種詞彙較有詩意（選a或選b），並指出該詞彙在詩中扮演「虛」或「實」的角色。

1. 象則意之：

①抓起一把（a茉莉；b話題）當烏龍茶沖泡
②傾斜的（a樑柱；b繁華）用進口樟木扶正
　溜下樑的（a歲月；b色澤）以杜邦漆補妝
③逃城時（a人與馬；b眼光與驚慌）撞成一堆堆

2.意則象之：

①a常常升起太陽旗
　占領別國的天空
　b常常以太陽旗的抹布
　幫別國拭亮天空

②a我的心像震裂的杯子，不能再碰觸任一種風情　（羅智成）
　b我的心破裂欲碎，不能再碰觸任一種風情

3.小則大之：

　童伴們一個個嚎哭著
　張開（a一張張；b一坑坑）的嘴嚎哭著

4.大則小之：

①坐在茶樓俯視夏之街景
　玻璃窗下，（a一街的車水馬龍；b一箱流動的魚缸）

②a日落海灣
　　海浪嘩然
　b假如海灣的落日

是我睜開的一隻眼睛
嘩然的海浪
便是我忍不住的大笑　（和權）

5.靜則動之：

a V字形的長街上
一輪落日緩緩落下
b長街張開V字形的大口
將一輪落日緩緩嚥下

6.正則反之：

一條輕輕的蠶絲被正好正好
用來（a溫暖；b撲滅）冬天　（渡也）

7.動則靜之：

雪像一路翻滾而下（a叮玲玲的；b無聲的）銀鈴
寶寶，這是銀箔包裝的夜　（羅智成）

8.被動則主動之：

①a路在前面

伸展著
一雙雙的腳
朝前跑去
b路在前面
伸著
長長的舌頭
把一雙雙的腳
舔了進去　　（向明）

②a它們用坦克輾過我們的土地
　　用刺刀插入我們的城牆
　用飛機
　　　轟炸我們的地平線
b我們要以土地黏住它的坦克
用城牆插入它的刺刀
用地平線不斷
　不斷逗引它的飛機、眼睛和疲勞

9.此覺則彼覺之：

星子在晚風中（a叮噹；b閃呀閃）

（葉翠蘋）

10.近則遠之：

明日（a尚未來到；b在曠野之外）

留下眼前好一片空檔

11.全體則部分之：

把看熱鬧的（a人；b眼睛）

交給兩岸去排列

6 換骨與脫胎

請參考〈意象的虛實〉十四節之後所舉各例，將下列各句運用修辭學手法，如譬喻、借代、轉化等，試改成各種不同排列的寫作形式（比原意差並無妨），並借題發揮，寫出其他含義的詩句。

1.枝仔冰是一枝枝的溫度計

在小孩口中量著夏日的體溫

2.燦爛的年代，燈光善於僞裝月光

螢蟲與星子，精裝在童話裏頭

3. 陽光輕輕握住鐘的震撼
鼓的胸膛有鳥兒在察看

4. 砲彈在背後的天空打著
一枝一枝的棉花糖

7 動詞形容詞（＊）

1. 動詞：參閱〈尋意與尋字〉第三節所述，試比較下列句子的動詞，指出何者使詩的比喻較爲成功，而且安定？

①a 巨大的潮水得來回幾遍
才衝得開海岸線

b 巨大的潮水得來回幾遍
才衝得動海岸的琴弦

c 巨大的潮水得來回幾遍
才彈得動海岸的琴弦

②a工廠的煙窗排放出黑煙
b工廠的煙窗排放出烏雲
c工廠的煙窗奏烏雲的音樂
d工廠的煙窗放出烏雲的音樂 （羅智成）

2.形容詞：下列句子以一些形容詞來修飾名詞或形容詞，試比較何者可擴張原詞的「視野」？如果你還有更好的形容方式也不妨寫出。

①形容詞＋名詞

a（嘹亮的、憂鬱的、明亮的、寬敞的）黃昏
b（昏沈沈的、響噹噹的、鬱悶的、開心的）牛鈴
c（慷慨的、豪放的、淒美的、自怨自艾的）一口井
d（狂亂的、乾淨的、深深的、蒼白的）腳印

②形容詞＋形容詞

a（遙遠的、寬廣的、沈重的、豪華的）寂寞
b（冷冷的、膽怯的、尖銳的、腐爛的）憂傷
c（絕望的、憨憨的、禁錮的、輕鬆的）透明
d（脆弱的、奢侈的、滾燙的、流暢的）美

8 主題抽象化

1.左列〈風箏〉一詩請指出其主題如何抽象化，抽象化的目的何在？

扶搖直上，小小的希望能懸得多高呢
長長一生莫非這樣一場遊戲吧
細細一線，卻想與整座天空拔河
上去再上去，都快看不見了
沿著河堤，我開始拉著天空奔跑

2.你能否也想一想，如果你寫〈風箏〉，將如何抽象化？請參閱〈尋字與尋意〉的風箏各詩，試著再另闢蹊徑。如果很難，以「茶葉」爲題如何？

9 形態分析法

1.請分析陳煌的〈刮鬍刀片〉，指出哪幾行是「虛化」的寫法？哪幾行是寫實的？是寫實再虛化或虛化再寫實？轉折點在何處？並分別說明其與主題的關係。

刮鬍刀片

快樂地吹著口哨
一路跋涉，走入密叢中
仰望是山林，垂視是草木
我尋找一處如鏡的水源
這是一天的開始
昨晨伐下的斷柯
如今又長出稀鬆的嫩椏
我愉悅地歪斜著頭
甜甜地，甜甜地想起，昨夜
溫和的夢　（陳煌）

2. 請分析林羣盛〈那幢大廈啊……〉一詩。此詩是先寫實再虛化，哪幾行屬寫實的？虛化是從哪一行開始？虛化的部分有無不妥之處？成功處何在？

那幢大廈啊……

「那幢完全由玻璃窗構築成的大廈必定禁錮著什麼吧？」

站在遠處觀望的我低語，並迅速穿過匆忙而淡漠的人車進入大廈門口。找尋許久，竟連管理員也沒有。於是我走入唯一的電梯；卻發現這電梯只到頂樓……

走出電梯後我詫異的看到各色晦暗的燈光在附近走動著。前方不遠處有一排白色欄杆；上面雕刻了許多各種不同姿態的獨角獸，還有一些形狀奇異的，不知名的陌生花卉……似乎在欄杆下有些什麼祕密……

我疑懼的緩緩走近欄杆，驚駭的看到了一顆、一顆心——一顆超乎想像的、幾乎和大廈一般的巨大的心臟被放置在這幢中空的大廈，平穩的跳動著；從心上蔓延的兩根粗大的血管分歧出數萬根微血管繚繞糾結在大廈的內壁……啊，那似在沈眠中的，充塞整座大廈的心脈不正和我的心跳同頻且共鳴麼？

我惶惑的看著在血管中流動的液體輕問：「那血管內流動著些什麼呢？」

欄杆上一隻流淚的獨角獸回答說：「流入心的是悲傷；流出心的是孤寂
……」

（林羣盛）

10 特性列舉法

1. 請參閱〈特性列舉法〉一文所舉，就貓的某一特性或某幾項特性，自圓其說地完成一完整的想法，試著寫成小詩。
2. 請參閱殷登國的《馬經》一書（皇冠版，約四百頁）將馬的各種特性（歷史、交通、生態、習性、馴捕、藝術、民俗……）一一列舉，越多越妙，再就某一特性或數種特性完成一個想法，再試著寫出小詩來。

寫下屬於你的一首詩……

寫下屬於你的一首詩……

寫下屬於你的一首詩……

九歌文庫1214

一首詩的誕生

著者　白　靈
發行人　蔡文甫
出版發行　九歌出版社有限公司
台北市105八德路3段12巷57弄40號
電話/02-25776564・傳真/02-25789205
郵政劃撥/0112295-1
九歌文學網　www.chiuko.com.tw
印刷　晨捷印製股份有限公司
法律顧問　龍躍天律師・蕭雄淋律師・董安丹律師
初版　1991年12月30日
增訂初版　2006年6月10日
增訂三版　2016年2月
增訂三版4印　2023年5月
定價　300元

書號　F1214
ISBN　978-986-450-041-3
（缺頁、破損或裝訂錯誤，請寄回本公司更換）

國家圖書館出版品預行編目(CIP)資料

一首詩的誕生 / 白靈著. -- 增訂三版. -- 臺
北市 : 九歌, 民105.02
面 ;　公分. -- (九歌文庫 ; 1214)
ISBN 978-986-450-041-3(平裝)

1.新詩 2.寫作法 3.詩評

821.1　　104027799